AF312652

LE
BALLON FANTÔME

—

SÉRIE IN-4° CARRÉ

Le ballon " The Happiness ".

JACQUES DES GACHONS

LE

BALLON FANTÔME

ILLUSTRATIONS DE A. ROBIDA

TOURS

MAISON ALFRED MAME ET FILS

LE

BALLON FANTÔME

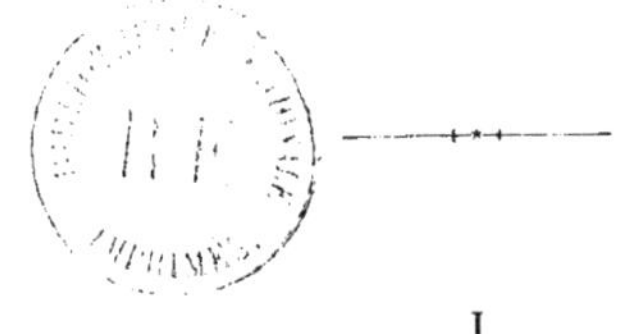

I

L'ARGENT DES JACKSON

« Eh bien, me voici, monsieur. Me direz-vous enfin...?

— Vous voulez rire, mon bon oncle? Vous n'êtes pas homme à oublier les dates d'échéance !

— Parlez clairement, je vous prie, et non par énigme comme dans chacun de vos douze télégrammes. Et ne haussez pas les épaules. N'oubliez pas que vous me devez le respect.

— C'est peu de chose à côté de ce que vous me devez, vous, depuis bientôt huit jours... Consultez vos livres, mon oncle. J'ai eu vingt et un ans dimanche dernier.

— Mes félicitations !

— Je vous assure, monsieur, que vous faites fausse route. Vous ne me bernerez pas. Dieu merci ! je jouis de toutes mes facultés, et je connais la loi et mes droits...

— Voilà de bien grands mots !

— Et qui signifient ceci: Rendez, s'il vous plaît, vos comptes de tutelle.

— Pensez-vous que j'aie mal géré votre fortune?

— Je suis persuadé du contraire.

— Eh bien?

— Il ne s'agit plus du passé, et je suis prêt à approuver vos chiffres. Je vous remercie même, si cela peut vous donner du contentement, ce dont je doute, d'avoir tant fait prospérer mon argent .Après ce soir, lorsque vous m'aurez remis entre les mains ce capital, vous serez libéré de tout souci. Je me charge de gérer moi-même ce qui m'appartient, l'héritage de mon père...

— Vous n'y songez pas sérieusement?... Vous êtes incapable de gagner un sou...

— Qui vous dit que mon intention soit d'en gagner?

— Malheureux! Que dites-vous là?

— A combien se monte ma fortune?

— A quatorze milliards!

— C'est ridicule... »

Il y eut un moment de silence. L'oncle et le neveu se regardèrent en face, comme deux étrangers qu'ils étaient, en effet, l'un pour l'autre.

Henry Jackson, le neveu, était grand, avec une taille élégante et de robustes épaules. Les cheveux et la moustache naissante, noirs, les yeux bleus, il rappelait violemment à son oncle sa mère à lui, la belle Marie de Vernay, qui avait été la grande joie et la grande douleur de Jackson cadet. C'étaient bien les yeux de l'étrangère, énergiques, loyaux et clairvoyants. C'était bien surtout ce même geste dédaigneux, arrêtant les discussions d'argent... Ah! comme Jackson l'aîné l'avait haïe, cette belle-sœur venue d'Europe, de France, avec des idées vraiment d'un autre monde!...

Comme il haïssait, en ce moment, ce fils qu'elle avait laissé à sa ressemblance !...

Allan Jackson était un rude homme, aux cheveux à peine grisonnants, au visage glabre montrant une terrible mâchoire, aux dents intactes. Il portait une redingote râpée, lamentable. Une petite cravate vieux rose contournait piteusement un col mal empesé et d'une douteuse fraîcheur. Mais sa haute taille, sa poitrine de lutteur, ses poings de géant empêchaient que l'on rie en la présence d'Allan Jackson.

Lui ne riait jamais.

« Avec quatorze milliards, mon cher Henry, on peut *faire* beaucoup d'argent.

— Je me trouve tout à fait assez riche, répondit nettement le jeune homme.

— Alors?

— Alors, voilà, le reste me regarde. »

Allan Jackson mania son poing comme ses ancêtres devaient faire des haches avec lesquelles ils défrichèrent les forêts du Colorado. L'envie lui traversa le front d'écraser son neveu. Mais il était tout de même un civilisé. Pour calmer ses muscles, il se laissa choir lourdement sur un siège, qui gémit comme un être animé.

« Vous ne méritez pas d'avoir l'argent, dit l'oncle entre ses lèvres, les dents serrées.

— Le mérite n'a rien à voir en tout cela.

— Que voulez-vous dire? Je gagne ma vie depuis l'âge de douze ans, je suis un *self-made-man*. J'ai été groom, commis épicier, mineur. Ces mains-là ont remué la terre. J'ai dormi dehors durant tout un hiver. J'ai failli, quatre fois, crever de faim. Aujourd'hui je suis un des trente milliardaires de premier rang, et j'ai droit au titre de duc.

« — C'est mon père qui vous a fait ce que vous êtes.

— A moins que ce ne soit justement le contraire. C'est moi qui savais compter.

— Mais c'était lui qui avait les idées.

— Oui, les idées qui coûtaient cher... L'argent était toujours remuant dans ses mains.

— L'argent n'est pas une chose qui doit demeurer. Les mains que voici n'ont pas gagné l'argent qui est à moi, et que vous allez me rendre pour toujours ; mais elles se chargeront volontiers de le répandre. L'argent est rond et veut rouler.

— Vous avez les idées d'un enfant débauché qui ne pense qu'au présent.

— Et vous, les idées racornies d'un vieux caissier grincheux.

— Si vous étiez mon fils, je vous jetterais tout nu sur le pavé de New-York !

— Je ne suis, hélas ! que votre neveu, avec quelques malheureux dollars pour m'empêcher de mourir de faim. »

Les deux hommes se lancèrent, d'un regard, un mutuel défi, et un nouveau silence transforma en une sorte de désert maussade le salon d'un des appartements du luxueux hôtel de Paris où s'était installé, depuis deux ans, le jeune Jackson.

« Avec vos revenus, dit l'oncle, vous pourriez avoir un hôtel à vous.

— Je suis si peu chez moi !

— Vous avez un cercle ?

— Mon valet de chambre a bien le sien.

— Et vous y jouez gros jeu ?

— Certes non. Je n'y joue même pas du tout, ce qui constitue une excentricité.

— Vous devez en avoir de plus coûteuses. Ces ballons dont

on commence à parler, bien qu'ils s'obstinent à ne pas vouloir voler?...

— Quelle sollicitude nouvelle! Pendant mes dix années de France, vous ne vous êtes guère occupé de moi.

— C'est que je devine, en ce moment, que vous méditez quelque énorme sottise contre votre argent.

Allan Jackson lança la chaise à travers le salon.

— Et vous voudriez savoir... Eh bien! oui, je hais l'argent. J'en ai trop, je veux le rendre. »

Le masque d'Allan Jackson s'empourpra soudain.

« Le rendre!... le rendre!... Pourquoi? Et à qui? Malheureux! Je m'en doutais! Et à qui? Il devrait y avoir des lois pour faire enfermer les misérables de votre espèce. Ainsi, votre père sera mort de vous avoir fait riche, j'aurai passé dix années de ma vie à grossir votre avoir, à vous faire plus riche que moi-même, et vous pensez à détruire notre œuvre? L'argent, mon petit, c'est la grande force des temps modernes. Il remplace le génie, la

beauté et l'esprit. Celui qui n'a pas l'argent n'est rien, celui qui
l'argent est tout.

— A condition qu'il ait le cœur solidement attaché et la conscience élastique. Je ne suis pas fou, mon oncle, et sais reconnaître à l'argent des qualités. Il est nécessaire, comme nos vêtements. Il est l'intermédiaire entre nos désirs et leur satisfaction.
Mais je n'en ferai jamais mon dieu. Il fait trop de mal. Il a toutes
les délicatesses lorsqu'on le manie entre ses doigts. Mais, en
masse, il a toutes les brutalités. Il est grossier, féroce et stupide.
Lorsque vous l'avez amassé vous-même, pièce à pièce, lorsque
vous l'avez honnêtement gagné, vous le connaissez, il fait partie
de vous-même. Vous êtes son maître et il est votre serviteur. Mais
l'argent de la spéculation est anonyme et malpropre. Une grosse
fortune tout à coup échafaudée m'apparaît comme un monceau de
ruines où se mêleraient, salis, gâtés, des meubles rares, des
tapisseries, des vases sacrés, des tableaux et de belles draperies
d'or. Pillage et bric à brac, voilà la devise des milliardaires...
Pouah ! Et il y a du sang de place en place. »

Henry Jackson se tenait droit devant son oncle, dont la mâchoire remuait avec des envies retenues de mordre. Le jeune
homme était blême, et ses paroles sortaient fiévreuses de ses
lèvres.

« Idées de France, murmura dédaigneusement l'oncle Allan.

— D'où qu'elles viennent, elles sont bien à moi et ne me quit-
teront plus.

— Grand bien vous fasse, noble garçon, qui jugez si durement
votre père !...

— S'il avait vécu, il se serait lui-même jugé plus sévèrement
encore. Il avait bâti sa fortune sur des bases légitimes. Je connais
son histoire. C'est vous qui l'avez poussé à la spéculation, vous

qui n'avez pas de génie, qui avez usé, abusé du sien, et qui ne
valez que par l'audace, avec plus de sécurité, cependant, que les
voleurs de grand chemin ! »

Henry Jackson était allé un peu loin. Les veines du visage de
son oncle se gonflaient terriblement, depuis quelques minutes.
Quand, au bout de l'apostrophe du jeune homme, le mot voleur
éclata, mot attendu, redouté, Allan Jackson se souleva d'un bond,
saisit par son dossier une chaise qui était devant lui, et, l'ayant
fait tournoyer au-dessus de sa tête, il la lança à travers le
salon.

Henry Jackson, qui avait le dos tourné, se penchait à cet
instant vers un bouton électrique, et il dut à ce mouvement de
n'être pas atteint. La chaise renversa une pendule, des candé-
labres d'albâtre, et la glace de la cheminée fut brisée.

Le jeune homme ramassa la chaise, sans s'émouvoir, et dit au
domestique qui venait d'entrer :

« Reconduisez monsieur jusqu'à son tram... Vous ferez enlever
cette glace... Je m'absente pour huit jours... Si l'on me demande,
je suis à Waterbury House. »

Et se tournant vers son oncle :

« J'y serai également pour vous et vos comptables, toute cette
semaine. Passé ce délai, j'aurai le regret de porter plainte, monsieur le duc. »

Allan Jackson effectua une sortie un peu piteuse; mais la haine
en lui se fit féroce, et il n'était pas encore dans la rue que, par le
revolver, le poison et la strangulation, il avait fait de son unique
neveu plusieurs cadavres.

II

LES DISTRACTIONS D'UN JEUNE MILLIARDAIRE

On pouvait reprocher à Henry Jackson d'avoir hérité de sa
mère quelques tendances au sentimentalisme. C'est ainsi qu'il n'eut
pas plus tôt quitté son oncle, qu'il se reprocha d'avoir été si dur
pour lui, son unique parent. Mais Henry Jackson n'était pas com-
plètement insensé, pratiquement parlant.

De la fortune qu'allait lui remettre son tuteur, il allait faire
deux parts : une grosse, qui le gênait et dont il allait disposer ; une
petite, assez rondelette toutefois, qu'il garderait pour vivre et
pour travailler. Car il convient de noter ici qu'à mesure que le
monde vieillit, il y est nécessaire d'avoir de plus en plus d'argent
pour travailler, je parle du travail intelligent, pour lequel vous
êtes né et que les circonstances vous empêchent, d'ordinaire,
d'accomplir.

Le jeune Jackson avait la marotte de l'aérostation. Il avait fait
le pari, en quittant l'Europe, de n'y revenir qu'en ballon. Et,
depuis deux ans, il passait la moitié de l'année à San Francisco,
afin de ne pas faire dans le monde figure d'ours mal léché, et

l'autre moitié, aux environs, à Waterbury House, où il possédait quelques domaines, et où il avait fait dresser de vastes hangars pour la construction, le gonflement et l'expérimentation de vingt sortes de ballons.

Dès son retour dans son pays, il avait lancé une proclamation :

« Henry Jackson, fils de George Jackson, le milliardaire bien connu, désire recevoir, demain et le jour suivant, la visite de tous les inventeurs, connus et inconnus, s'occupant spécialement de ballons dirigeables et autres. *Plusieurs millions de récompense.* »

La dernière phrase était alléchante. Le lendemain, quatre cents inventeurs se pressaient dans le grand hangar de Waterbury, construit à cet effet. Quelques-uns parlaient tout haut à eux-mêmes. D'autres s'agitaient, réclamant du papier et des tables. La plupart arpentaient le sol à grandes enjambées, cheveux flottants, front tendu vers le ciel.

Ils n'étaient pas beaux à voir. Pourquoi l'homme qui sent bouillonner dans sa tête la divine inspiration, au lieu de prendre un aspect recueilli, se croit-il forcé de contrefaire l'insensé et de regarder les autres hommes comme de la boue immonde ?

L'orgueil est stupide.

Henry Jackson les reçut tous, un à un ; il écouta consciencieusement leur verbiage.

La porte allait se fermer sur le dernier hurluberlu quand le jeune homme vit s'avancer une sorte de nain à grosse tête, dont les yeux pétillaient particulièrement. Il n'avait pas de rouleau sous le bras comme ses confrères ; ses cheveux étaient courts, et, dès les premiers mots, Henry Jackson reconnut qu'il avait enfin affaire à un homme.

« Si je me présente à vous le dernier, dit-il au jeune milliardaire, c'est que je ne me sentais pas digne de prendre le pas sur

ces messieurs qui, tous, ont du génie, à ce qu'il m'a semblé.
Partisan de la flèche, de l'oiseau, du poisson aérien ou du cerf-
volant, il ne leur manque qu'un grain de bon sens et d'esprit pratique. Moi, je n'ai rien inventé. Esprit positif, je suis un modeste
constructeur. Mais soyez assuré que je vous construirai tout ce
qu'il vous plaira. Les idées courent les rues et les bars. Après le
whisky nul ne se sent incapable de révolutionner le monde. Moi,
monsieur, je ne bois pas. Ce que je sais, ce que je pense, ce que
je veux, je le sais, je le pense, je le veux tout le long de la journée.
J'ai beaucoup travaillé, ce qui vaut toutes les rêvasseries du monde.
La physique, la chimie, la mécanique, n'ont pas de secrets pour
moi. Je veux dire que je sais tout ce que les hommes d'aujour-
d'hui savent. Et je viens me mettre sous vos ordres... Il ne me
manque que l'outil pour poursuivre mes études. C'est vous,
monsieur, qui vous offrez à le fournir. Je n'en ferai pas mauvais
usage. »

Ces propos, pleins de franchise, plurent à Henry Jackson, qui
congédia, le portefeuille garni, ses quatre cents inventeurs, et ne
garda près de lui que le seul nain Davids, qui devint vite un ami
de la bonne sorte, c'est-à-dire un loyal conseiller, un collabora-
teur dévoué, quelque chose qui s'ajoute à nous-même, à toute
heure.

Ils faisaient d'ailleurs le plus parfait contraste : l'un svelte,
élégant, presque beau; l'autre rabougri, difforme, et à qui les
enfants auraient volontiers jeté des pierres. Mais ils se ressemblaient par un commun dégoût pour les habitudes répandues dans
le monde et un égal désir de se singulariser.

Un destin opposé les avait rapprochés. Davids, objet de
répulsion, abandonné, malheureux; Henry, entouré d'une cour
nombreuse, attirée par sa prochaine fortune. Et chacun d'eux

ne songeait qu'à s'isoler tout à fait, à s'élever au-dessus de
ce monde qui leur répugnait également par sa lâcheté et son
cynisme.

Mêlés à leurs ouvriers, dans leurs ateliers de Waterbury, ils
vivaient une existence de perpétuelle émotion, toujours, pensaient-

Les inventeurs.

ils, à la veille d'aboutir à l'aérostat parfait, qui pourrait s'élever,
voler, planer, et, quand il lui plairait, rester immobile dans
l'espace.

Ils avaient vite renoncé au « plus lourd que l'air », qui ne leur
avait donné que les résultats classiques depuis vingt ans, et dont
chaque « vol » coûtait un moteur. Au « plus lourd que l'air », il
faut le calme absolu de l'atmosphère, et, pour choir, un terrain

plat. L'aéronaute n'est jamais libre un instant de ses gestes ; le plus lourd que l'air ne sera jamais qu'un sport d'exception, un numéro de gala aéronautique. Telle était, du moins, l'opinion de Davids et de Henry Jackson.

Leur principal but n'était pas tant de voler, de faire du chemin rapidement, que de planer, de séjourner de longs jours dans l'atmosphère ; il leur fallait un véhicule de tout repos, que le ballon seul, le ballon sphérique peut réaliser. Ils en construisirent de différentes grosseurs et se convainquirent peu à peu que les plus gros étaient les meilleurs voiliers.

Au moment où commence ce récit, ils en achevaient un énorme, dépassant les dimensions même imaginées par les romanciers, au cerveau cependant fertile en invraisemblances. Il cubait cinquante mille mètres cubes et mesurait près de soixante mètres de diamètre.

La nacelle à cinq étages circulaires était comme annelée, articulée, et commençait à s'aménager d'une façon pratique et charmante. C'était la maison idéale d'un homme raisonnable et d'un savant : une tour d'ivoire qui serait en aluminium, en corde et en osier.

En bas, il y avait la machinerie. Toute la mécanique moderne et toute la chimie dernier cri semblaient s'y être donné rendez-vous. Le classique baromètre y voisinait avec le télégraphe et le téléphone sans fil. Les réservoirs à alcool, à pétrole et à oxygène avec les machines électriques, les appareils enregistreurs, les appareils photographiques. Un angle était réservé à la cuisine avec réchauds électriques et placards à conserves de toutes sortes. Deux mécaniciens de choix et un cuisinier de Waterbury House, le fidèle Bernard, ramené de France, allaient vivre sous la direction exclusive de Davids.

Au-dessus de cette salle, un premier pont, propriété du seul capitaine.

Aux trois autres étages, Henry Jackson était chez lui.

C'était d'abord le salon-salle à manger, avec tout le confort des aérostats à la mode : tables, chaises en élégante van-nerie, divans, bibliothèques, plantes vertes, jeux divers, etc. Au-dessus, les chambres à coucher, rétrécissables à volonté pour la traversée des régions froides, car il fallait compter ici avec les brusques changements de température. Il n'y aurait qu'à presser un bouton, et la vaste chambre deviendrait de chauds petits boudoirs capitonnés. Davids avait gâté son jeune maître.

Enfin, au cinquième et dernier étage, second pont promenade, sous un toit de toile qui cachait aux yeux l'énorme masse du ballon lui-même, un peu effrayant à voir. Davids était vraiment plein de délicatesse.

L'hydrogène qui allait gonfler ce ballon géant était obtenu par la méthode électrolytique, qui donne le plus de pureté et la plus grande force ascensionnelle. Douze cents grammes par mètre cube. Donc le ballon de Davids aurait en lui une force ascensionnelle de soixante mille kilogrammes.

Son poids mort : filet, nacelles, moteurs, hélices, déviateurs, équilibreurs, guides-ropes, etc., auquel il convient d'ajouter les provisions, les vêtements, les appareils de toutes sortes et les cinq voyageurs, serait exactement de trente et un mille kilos. Resterait vingt-neuf mille kilos pour le lest.

Davids et Henry Jackson s'en partagèrent par moitié la com-position : lest à consommation méthodique imposé par Davids. Seize mille litres d'alcool carburé pour actionner, selon les besoins, les deux moteurs de deux cent cinquante chevaux chacun; lest de

fantaisie, sable d'un grain spécial dont le jeune milliardaire attendait la toute prochaine livraison.

Quelques jours après la scène avec son oncle, Henry Jackson
explorait sa maison aérienne, maintenue en équilibre au moyen de
câbles attachés à la charpente du hangar.

« Rien ne manque plus à ce beau monstre que la vie, s'écria-
t-il, enthousiasmé.

— Et le sable, rectifia Davids. Votre marchand se fait
attendre.

— C'est un sable diabolique, mais il faudra bien qu'on se
décide à nous le livrer.

— Quel mystère !

— Chacun de nous ainsi aura le sien. »

Jackson souriait en prononçant cette phrase. Il faisait allusion
à la réserve de Davids au sujet de l'ensemble d'appareils de direction fabriqués pour le nouvel aérostat.

« A quoi sert de vouloir tant approfondir ? avait dit le nain
ingénieux. Dans votre maison volante, vous irez où vous désirerez
aller. Je suis votre watman. Asseyez-vous tranquillement à votre
place. Devant moi, la route est droite et comme ferrée, munie
de plots aériens et de célestes trolleys. Rapportez-vous-en à moi.
A vous, simplement, de fournir le lest.

— Je vous prends au mot, » s'était alors écrié le jeune
homme.

Ils s'entendaient à merveille, confiants l'un dans l'autre.

Et sur le premier feuillet de son livre de bord, le jeune Jackson
avait écrit ces lignes :

« Mon ballon nouveau m'intéresse au point que je ne pense
plus à autre chose. Il est cet inconnu, ce but et, si je puis dire,
cet idéal qui me manquaient. J'ai trouvé le nom qui lui convient.

J'ai commandé la banderole sur laquelle on écrira en lettres
énormes et flamboyantes :

THE HAPPINESS

« Oui, il est bien pour moi « le bonheur », c'est-à-dire le
destin favorable à quoi j'aspire, comme les autres mortels! quelque
chose, surtout, qui m'appartienne, qui ne soit pas à la merci de
tant de gens, quelque chose que j'ignore délicieusement, mais
qui sera. car je l'espère, je l'attends, je le touche du front, sinon
des doigts. »

III

Henry Jackson était un homme précis et qui aimait à être ponctuellement obéi. Il eut quelque satisfaction à voir que les ordres qu'il avait donnés avant de quitter la ville avaient été exécutés.

De lourdes voitures fermées, le septième jour, se succédèrent devant les portes du hangar, et il en sortit une multitude de petits sacs de cuir fermés par de solides lanières nouées et scellées à la cire et qui pesaient chacun cinquante kilos.

« Davids, voici votre lest.

— Très bien ; qu'on en charge quinze mille kilogrammes. Nous partirons demain pour la destination que vous voudrez bien me donner.

— Un circuit au-dessus de tous les villages des environs, à vingt lieues à la ronde. Retour le soir, à la nuit.

— C'est compris. »

Quand, le lendemain, Henry Jackson arriva devant le hangar (il habitait à deux cents mètres un modeste cottage à l'abri des terribles amitiés de la ville), il vit que le ballon était déjà gonflé. Son énorme calotte dépassait le toit, qu'un ingénieux mécanisme ouvrait et fermait à volonté.

Le buste moulé dans une chaude vareuse bleu marine, il s'avançait dans l'air frais du matin, souriant comme quelqu'un qui est heureux du bon tour qu'il va jouer.

Il donna quelques ordres, rapidement, avec sa netteté habituelle ; il alla serrer la main des mécaniciens, de son fidèle Bernard, et celle un peu fiévreuse de Davids. Enfin, il donna le signal.

Les liens qui tenaient immobile l'énorme masse furent coupés en même temps. Comme un boulet, sans prendre souci du vent, *the Happiness* s'en fut, en quelques secondes, à cinq cents mètres dans les airs. Là, grâce à l'hélice de maintien, l'aérostat s'arrêta.

Les ouvriers, en bas, applaudissaient à leur œuvre et au génie de leurs maîtres Jackson et Davids ; car ils ne les distinguaient plus, le riche et le gueux, unis dans le labeur quotidien.

« Très bien! » dit Jackson.

Davids était content.

« Où? dit-il.

— D'abord, jusqu'aux faubourgs de San Francisco, par la route. »

C'était aller contre le vent; mais il était agréable à Davids de jouer, dès la première minute, la plus grosse difficulté.

Il fit donner le second moteur, et l'hélice de maintien devint directrice.

Lentement, le ballon s'enfonça dans le courant d'air.

Toutes les aspérités des ponts furent atténuées. On dirigea contre le vent l'angle aigu des nacelles, et la marche s'accentua.

« Plus bas! » demanda Jackson.

Comme si le ballon savait entendre, il fit un bond jusqu'à cent mètres de terre. Un fiacre automobile se dirigeait à la rencontre du ballon.

La masse imposante de l'aérostat fit lever les yeux au voyageur.

Henry Jackson, penché sur le bastingage, aperçut au cou du curieux certaine cravate vieux rose qui n'avait pas de sœur à cent lieues à la ronde.

« Tiens, mon oncle!... Baissez, s'il vous plaît, et stop. Bonjour, mon oncle. Est-ce que vous allez chez moi? Ah!... Je ne vous attendais pas avant demain. Tout à fait désolé. Revenez demain...

— Je ne puis perdre un jour. Descendez. Il faut que je vous parle.

— Je vous écoute.

— C'est très sérieux, mon cher Henry!

Le ballon avançait, l'or tombait toujours.

— Comme votre voix se fait tendre, mon cher oncle ! Que vous est-il arrivé ?

— J'ai réfléchi. Il faut nous entendre. Il y va de ma vie.

— Oh ! oh ! Quel grand mot ! Est-ce qu'il s'agit encore d'argent ? Vous ne répondez pas ? Mais, mon oncle, vous êtes donc tout à fait sourd ?

— L'argent est sacré, Henry !

— A demain, mon oncle... Passez-moi le premier sac. L'oncle Allan aura l'étrenne, comme il convient. »

Et le premier sac de lest ouvert répandit sur la route, autour de la voiture de l'oncle Allan, une pluie d'or. Le sable attendu, et dont les premiers quinze mille kilogrammes étaient rangés autour de la nacelle des machines, venait de la Banque : c'étaient de beaux et neufs dollars d'or, qui sonnaient, roulaient, rico-chaient sur la route.

Davids eut un ricanement joyeux :

« Bien joué ! » dit-il.

Ce n'était pas l'avis de l'oncle Allan. Au premier ahurissement succéda une laide colère, qui fit monter vers le ballon deux poings qui auraient voulu se détacher des bras pour aller frapper le jeune homme et cet autre visage près de lui, dont il avait aperçu la gri-mace ironique.

Mais les poings retombèrent, et la scène se transforma. Reje-tant la couverture qui couvrait ses jambes, Allan Jackson ouvrit la portière de la voiture et se jeta sur la route. Son chauffeur l'avait précédé et emplissait ses poches. Sans plus s'occuper de son indigne neveu, le colosse à la cravate rose, à genoux dans la poussière, disputait aux gamins accourus les pièces d'or qu'il avait lui-même, par ordre de son neveu, fait si précieusement enfermer dans les maudits sacs de cuir.

Le ballon avançait, et l'or tombait toujours sur la route, à la grande joie des riverains. L'oncle n'avait plus assez de poches pour recueillir les pauvres dollars, et, dans sa fureur aveugle, il lançait ses poings remplis d'or contre d'imaginaires agresseurs, tandis que le neveu se faisait passer de nouveaux sacs, et que Davids, complice, laissait échapper assez d'hydrogène pour maintenir la distance entre la nacelle devenue corne d'abondance et les mains tendues des hommes, pâles de désir.

Au-dessus des places publiques, aux carrefours des routes, le ballon stoppait, et Davids, à son tour, leur versait l'élixir de vie heureuse.

Henry Jackson s'était retiré dans son *studio*, et, en attendant la cloche du déjeuner, il ouvrit son livre de bord où il crayonna ses premières impressions :

24 mai.

Voilà qui est certain, Davids m'a construit la maison désirée. A moi, maintenant, de réaliser mes rêves.

Déjà, je suis tout seul, à l'abri de tous les hommes, de toutes les femmes, admirable refuge où je m'appartiendrai enfin.

Pffutt ! Partis à jamais, la nuée des domestiques à curieuses figures couleur de coing. Je ferai mon ménage tout seul, c'est convenu.

Pffutt ! Envolés, les adroits fournisseurs, voleurs patentés, embusqués derrière leurs comptoirs comme de grimaçantes araignées...

Pffutt ! Disparu, mon bon oncle Allan, et sa mâchoire de carnassier à jeun, et sa redingote râpée, et ses stupides milliards.

Pffutt ! évanouis, mes quinze douzaines d'amis qui se disputaient si chevaleresquement mon cœur et ma bourse.

Que je suis déjà loin de tout ce monde!

Il est midi. Selon notre programme, nous allons, pour déjeuner, nous élever à quelques centaines de mètres... Des quatre côtés de la nacelle, Davids, Bernard et les deux mécaniciens jettent de l'or. Ils s'amusent énormément, et j'en suis enchanté.

La terre vient de tomber à quinze cents mètres. Nous laissons, depuis quelque temps, le vent nous porter. Nous revenons sur nos pas par un chemin voisin du premier. Ma maison d'été est, parmi ces arbres accroupis, une petite bicoque prétentieuse. Mes gens sont des mouches, et voici le ruban des routes où s'agitent si drôlement des hommes qui vont à droite, et d'autres qui vont à gauche, et d'autres qui les croisent.

L'horizon, en un vaste cercle, s'élève à la façon des bords d'une énorme cuvette sur laquelle se dessinent des forêts, des villes, des usines, des rivières.

Le déjeuner a été délicieux, et nous y avons fait honneur tous les cinq.

J'ai expliqué mes projets à mon équipage. Chaque sac de lest contenant exactement cent cinquante mille francs en or, les banques auront à me fournir quatre-vingt mille sacs, à Londres et à Paris. Ce sera douze milliards à distribuer sur les routes. Le reste de ma fortune me sera versé en rouleaux de billets qu'à un moment donné, en Europe, je partagerai entre mon équipage et moi-même.

A quinze cents mètres dans l'air, ces propos et ces calculs résonnent drôlement. Il y a encore à nos pieds une dizaine de sacs de cuir, avec leurs lanières nouées autour du cou. Ils ressemblent à mon oncle Allan. Ils sont gonflés d'or, et quand on les dépouille ils tombent inanimés, risibles!

Davids m'approuve avec son ricanement habituel. Ce diable d'homme ne parle plus que par monosyllabes et par gammes de rires. Toute sa vie bouillonne dans son énorme cerveau. Tout ce qui n'est pas son ballon l'intéresse à peine, l'amuse simplement.

Comme il a raison! Je l'avais pris comme aide, il devient mon modèle.

Ses yeux, cependant, parfois me troublent.

IV

LE GRAND VOYAGE

Le voyage d'hier s'est fort bien terminé. *The Happiness* est rentré dans son hangar, par le trou du toit, comme un auto dans son garage. Et nous voici, à nouveau, repartis. Cette fois, c'est la grande expédition. Nous chargeons tout notre or, et partons pour l'Europe. Nous ne devions pas faire d'escale, mais mon oncle Allan en a décidé autrement.

Il m'a fait, hier soir, une scène d'une violence particulière. Tous ses anciens métiers lui sont remontés à la gorge. Il a insulté ma mère grossièrement. Il s'est vanté de cent gredineries. Il était ignoble. Et je l'aurais jeté à la porte s'il ne lui avait échappé certains propos qui me mirent tout à coup sur une voie intéressante. J'ai feint d'être moi-même en proie à une stupide colère. J'ai proféré d'incohérents propos, et j'ai obtenu les renseignements désirés.

« Monsieur, lui ai-je dit, vous êtes, je pense, le dernier des hommes, et capable de toutes les ignominies.

— Je m'en flatte.

— Personne n'est aussi fou!

— Et personne plus stupide que vous, si ce n'est certaine gamine qui se dit ma nièce et qui mange mon pain.

— Sans le payer, sans doute. Elle vous ruinera, si vous n'y prenez garde.

— Vous ne croyez pas si bien dire. Elle a des idées dans le genre des vôtres.

— Pauvre fille! elle fera une vilaine figure dans le monde.

— Elle fera la figure que je voudrai qu'elle fasse!

— Plus vilaine encore que je ne pensais.

— Vous seriez bons à lier ensemble.

— Et pourquoi pas? dis-je plus posément, arrivé à mes fins. Pourquoi pas? Je pense que vous parlez de ma petite cousine Élisabeth.

— Elle n'est pas votre cousine.

— Qu'importe! Elle est la petite Élisabeth. Puisqu'elle est à votre merci, elle doit être malheureuse. J'irai, si vous le voulez, la débarrasser de vous, vous débarrasser d'elle.

— Je vous serai obligé de n'en rien faire.

— Il est trop tard, ma décision est prise.

— Eh bien! je vous en défie.

— C'est parfait. Dans huit jours à Irving!

— Je vous y attendrai.

— Je ne me ferai pas attendre, mon oncle Ladre.

— J'y compte bien, Jocrisse, mon neveu. »

Et nous voici partis pour les bords du lac Erié. C'est d'ailleurs, à peu près, le chemin de France, et le vent est avec nous.

J'avais onze ans, à peu près, lorsque je vis pour la dernière fois ma petite cousine Élisabeth. Elle devait avoir six ans. Ma

tante Allan vivait encore. Pauvre tante Allan! elle vivait encore,
mais elle était bien malade. Elle se savait condamnée, et dans sa
détresse elle ne quittait des yeux sa petite Élisabeth que pour
nous regarder un instant tour à tour et nous la recommander.
A moi aussi, un jour, à moi qui n'étais qu'un gamin, elle dit de
sa voix éteinte :

« Tu es déjà un homme, Henry, et elle est si petite, si
petite!... »

Élisabeth était, en effet, particulièrement petite, avec un visage
mince, des cheveux blond pâle et des yeux tristes. Deux ans aupa-
ravant elle avait perdu sa mère, — la sœur de ma tante Allan, —
et voici que sa seconde maman allait aussi la quitter. Qui est-ce
qui allait s'occuper d'elle? Pas l'oncle Allan, bien sûr. On ne le
voyait que le dimanche, et il grondait tout le jour. Pas l'oncle
Georges, qui avait l'air si malade, lui aussi. Pas le « cousin »
Henry, il était trop jeune. Plus de femmes, il allait ne plus y
avoir de femmes dans la famille. On lui donnerait une gouvernante,
et elle serait tout à fait malheureuse, pour toujours, cette fois. Les
yeux de la petite Élisabeth disaient tout cela.

Oui, je me souviens, ils disaient tout cela très distinctement.
J'avais perdu ma mère, moi aussi, et les deuils ouvrent les yeux
des vivants. Les petits orphelins, sans avoir besoin de se parler,
se comprennent.

Et puis, ce fut la mort de ma tante, la mort de mon père.
L'oncle Allan devenait notre maître. Vous pensez qu'il ne s'atten-
drit pas longtemps. Il mit Élisabeth dans un couvent, m'envoya
en pension en Europe, pour obéir à une dernière volonté de mon
pauvre papa, et, débarrassé de tous ses gêneurs, — femme, frère,
nièce, neveu, — l'oncle Allan se mit à faire de l'argent, à faire
beaucoup d'argent.

Et la vie me prit, et j'oubliai la petite Élisabeth.

Tandis que le ballon suit sa route, versant de l'or sur les villages, dans les cours des fermes, sur le chemin des usines, toute ma vie, en fresque rapide, défile devant moi, toute ma vie avec ses rancœurs, ses désillusions, ses folies et ses enthousiasmes.

A mon départ d'Amérique, je me croyais un petit personnage. La renommée de mon père, — le roi des Palaces, — sa fortune, qui serait bientôt la mienne, me gonflaient d'orgueil. Mon portrait parut dans des magazines d'adolescents.

Puis, un jour, il y a cinq ans, — je venais d'avoir seize ans, — un de mes camarades de Saint-Louis, Jules Jablin, me prit à part. C'était (je revois les arbres roux que nous côtoyions) dans une allée du parc de Versailles, en octobre.

« Mon cher Jackson, ce n'est pas du tout chic d'être très riche. »

Je tournai brusquement la tête vers mon camarade. Il avait son visage sérieux des jours de grande discussion.

« Explique, lui dis-je.

— Eh bien, voilà. Les trop grosses fortunes comme la tienne sont indécentes. Vos trusts sont des calamités publiques. Je considère que l'or est la grande maladie et que c'est à vous, les jeunes nouveaux, d'essayer d'en guérir le monde. Accumulé, l'argent est une peste.

— Peste, mon cher ! » essayai-je, par manière de plaisanterie.

Mais Jablin était à cent lieues de vouloir rire.

« Dès que j'entrerai en possession de ma fortune, je la donnerai aux pauvres de chez moi, scanda-t-il, et toi, qu'est-ce que tu feras de la tienne ?

— Moi, m'écriai-je sans plus réfléchir, je me ferai construire un ballon percé qui répandra l'or sur la terre, et quand je n'aurai plus un sou, je viendrai te le dire.

— En ballon ?

— En ballon ! »

Nous avons été salués par cinq coups de revolver.

C'est de cette boutade que ma vie est sortie. Trop riche, désœuvré, sottement vaniteux, j'aurais peut-être de ville en ville traîné mon spleen, je serais peut-être devenu un simple débauché : j'étais sur la pente qui mène à toutes les déchéances. Un ami s'est moqué de moi, m'a montré le néant de ma vanité. Et il m'a donné cet élan dont j'avais besoin. J'ai aidé au perfectionnement de la direction des ballons ; je donne mon or sans compter et sans connaître même le visage de ceux que j'oblige, et je vais peut-être.

nouveau Persée, délivrer ma petite cousine Andromède, attachée
à la rude autorité de l'oncle Allan. Car il ne se peut pas qu'Élisabeth ne soit pas prisonnière dans cette petite cité d'Irving où l'a
retirée son tuteur.

27 mai.

La nuit a été splendide.

Je n'ai point dormi. Emmitouflé dans des fourrures, je suis
resté, sept heures durant, penché sur le bastingage. En bas, les
mécaniciens prennent leur quart en silence. Bernard ronfle.
Davids ne dort que d'un œil, comme les chats, les démons et
les anges gardiens. Moi, je suis énervé. Nous allons trop vite, ou
pas assez, je ne saurais dire.

La lune éclaire des paysages fantastiques. A côté de forêts qui
ressemblent à des lacs d'encre, une cité de feu éclate tout à coup,
une usine qui travaille toute seule, diaboliquement. Puis c'est un
fleuve d'argent qui roule entre deux berges grises.

Nous montons pour sauter une colline, et c'est maintenant un
désert, un coin de terre morte.

Mais tout est triste : la forêt, le fleuve, l'usine, le désert.

Qu'est-ce que c'est que cette existence que je mène ? Où
vais-je ? Oui, je sais, en Europe, voir ce vieil ami Jablin. Et
puis après ?

Et cependant, quel air délicieux, nourrissant ! quel ciel splendide ! quelle douceur de vivre !

Je suis un peu ivre. Il faut que j'aille me coucher.

Nous allons un train d'enfer. Le vent est toujours pour nous,
et nous le devançons par moments.

Et pendant ce temps, l'oncle Allan saute de wagon en wagon,
injurie les chefs de train, maudit le sort et son neveu, et sa propre
colère qui l'a poussé à parler d'Élisabeth.

Le soleil est chaud. Je sommeille à demi sous la tente de mon promenoir. L'argent, l'argent maudit me donne d'exquises jouissances. Est-ce que Jablin se serait moqué de moi? Non, puisque c'est justement à lui, Jablin, que je dois de faire ce voyage admirable.

Si les calculs de David sont exacts, — et ils doivent l'être, — nous arriverons demain soir, vers cinq heures, à Irving!

30 mai.

Premier contretemps, mais grave. Si près du port, nous avons failli faire naufrage.

Dès les premières maisons d'Irving, et comme nous remontions, après avoir demandé notre chemin, nous avons été salués par cinq coups de revolver. Les balles se logèrent dans l'osier de la nacelle des machines et dans l'armoire aux provisions. Qu'était-il arrivé? Davids, qui songe à tout, se précipita sur le sac à moitié vide dont on venait de faire usage: à la place d'or, il y avait du bronze. Comme récompense à leur obligeance, nous avions salué ces braves gens avec des gros sous. Je me demande si c'est un tour de mon bon oncle, ou un vol de la Banque. Dans tous les cas, cela ne pouvait plus mal tomber.

Je ferai vérifier les sacs.

En attendant, nous voici planant sur le lac Érié, une petite mer qui nous donne un avant-goût de l'Océan. Nous ne chercherons à aborder que cette nuit, de peur des balles. *The Happiness* a la peau sensible, et Davids est prudent.

Nous avons eu le temps de reconnaître les lieux. Pourvu que nous ne perdions pas notre avance sur l'oncle Allan! Il doit être en ce moment aux environs de Saint-Louis, c'est-à-dire à moins de vingt-quatre heures d'Irving.

V

VEILLEZ ! TERRE ET CIEL !

« *Veillez! Terre et ciel!* »

Quand ces paroles bruirent doucement dans le cornet d'aluminium du téléphonographe, Élisabeth Murray laissa retomber sur
sa base sa grande harpe dorée et attendit l'explication de ces mots
mystérieux... Mais le silence ne fut plus troublé, et la jeune
fille, impressionnée, regarda autour d'elle, comme si déjà quelque
ennemi allait approcher.

Tout était calme.

A travers le paysage, le crépuscule s'avançait lentement; tandis
que la campagne, à l'orient, se voilait, s'estompait, prête au
sommeil, le ciel était tout illuminé. Les nuages, vers le couchant, s'étiraient en écharpes de pourpre et d'or, que le grand
astre jaloux semblait vouloir entraîner avec lui, par delà les collines. Au nord, sur le lac Érié, la céleste féerie se doublait de
son reflet, et les bateaux électriques qui couraient d'un port à
l'autre faisaient de grands sillons de feu qui ne s'éteignaient que
pour se rallumer aussitôt sous le choc d'une autre proue.

Élisabeth aimait à se tenir, le soir, sur la terrasse de cette

tour qui servait de poste télégraphique et téléphonique. Elle y
était, d'ordinaire, accompagnée par le révérend Ascott. Mais,
pendant les absences de l'oncle Allan, la consigne se relâchait
un peu. Ascott s'enfermait avec ses livres; Élisabeth se donnait
toute à sa harpe et au bonheur de regarder le monde par-dessus

Reprenant la harpe, elle joue pour elle d'inspiration.

les murs de sa prison. Le révérend Ascott avait, d'ailleurs, toute
confiance dans son élève. Élisabeth le prévenait de tout ce qui
survenait d'anormal autour d'elle, ce qui, à la vérité, ne la poussait pas à de longs discours, car la vie qu'ils menaient à Irving
était à l'abri des événements extérieurs.

Cependant, ce soir, en répétant tout bas les mots secrets du
téléphonographe, elle ne songea pas que son devoir était de les
redire à son précepteur.

« Veillez ! Terre... et ciel. »

Elle a l'intuition, la certitude qu'il s'agit d'elle, que c'est sur elle qu'il faut veiller. Et puisque l'oncle s'inquiète, — car, il n'y a pas de doute, le message est de l'oncle (il a économisé le mot de la signature), — puisque l'oncle s'inquiète, la jeune fille se sent pénétrée d'un indéfinissable plaisir.

Jusqu'à plus ample informé, elle gardera le silence.

Elle saura, d'ailleurs, se garer elle-même de tout danger. Un peu d'imprévu va donc enfin entrer dans sa vie...

Reprenant sa harpe, tandis que le soleil s'éteint et que la terre allume ses maisons, elle joue pour elle, en sourdine, d'inspiration, un poème où toute sa tristesse et tout son cœur s'élancent au-devant de l'avenir, à la rencontre de l'inconnu.

A pas étouffés, le révérend Ascott fit son entrée. Il s'arrêta, pénétré par la douceur de cette musique qui caressait la nuit.

Mais vite il se reprit :

« Il est tard, mon enfant, et la musique, le soir, n'est pas bonne pour l'âme. La musique affadit les pensées, amollit le cœur et peuple le sommeil de rêves pernicieux.

— Oh ! révérend, si l'on peut dire ! Et comme vous connaissez mal celle dont vous parlez ! La musique est le vrai langage de l'âme. L'anglais est pur jargon pour parler à Dieu, et les plus belles prières du soir, je les ai dites, avec mes doigts, sur ces cordes sonores.

— Je vous crois, ma chère petite Élisabeth, mais j'ai peur. Le démon sait prendre de si subtiles formes pour s'emparer de nous !

— Je n'ai pas peur du démon.

— Veillez, ma fille !

— Veillez, mon père, » répéta dans la nuit, sous le dais des

étoiles, la prisonnière de l'oncle Allan. Et il lui sembla que le petit
cornet d'aluminium redisait pour sa sauvegarde: « Veillez! Terre
et ciel! »

Et, rassurée, elle s'enhardit :

« Il fait si doux, mon père, la nuit est si grandiose! Je vous
en prie, laissez-moi passer quelques instants encore avec ma harpe
et ma chère mélancolie... »

Sur la pointe des pieds, comme il était venu, le révérend Ascott
se retire, non sans murmurer un « Pauvre petite ! » qui en disait
long sur la vie quotidienne d'Élisabeth Murray. Lui-même n'est
pas fâché de retourner à ses livres. Dès la dixième marche de
l'escalier il pense à eux, puis il mêle son plaisir et celui d'Élisabeth :

« Les souris dansent. »

Et il pousse un long soupir qui lui fait hausser les épaules.
Un moment après il était enfermé chez lui, dans la petite clarté
de sa lampe, en face d'un cahier de papier resté ouvert à la page
encore inachevée.

Le révérend Ascott écrit, au jour le jour, ses réflexions sur la
vie, comme Montaigne...

Sur sa harpe penchée, sous la coupole des cieux, à la clarté
trembleuse des étoiles, Élisabeth Murray ne fait pas autre chose :
elle dit ses rêves à l'espace.

Aux petits bonheurs naïfs qui traversaient sa vie de recluse,
le chant d'un oiseau, une fleur, un poème que lui lisait Ascott,
un verset de la Bible, se mêlait le plus souvent le navrement de la
solitude. Son chant était une longue plainte qui allait parfois jusqu'à faire venir à ses yeux de brusques larmes.

Ce soir, il n'en allait point ainsi.

Sa mélancolie s'anima d'accents nouveaux ; au milieu de la

grande lamentation nocturne de la forêt, éclatent soudain les trilles éblouissants du rossignol; tandis que l'âme d'Élisabeth se plaignait, par habitude, ses doigts trouvèrent de divines notes qui montèrent, montèrent, comme si elles étaient destinées à quelque céleste auditeur.

Tout à coup Élisabeth frissonna. Certainement on avait marché derrière elle. Elle n'osa se retourner... Elle pensa au message de son oncle... Comme il faisait noir! Elle voulut appeler: ses lèvres balbutièrent des mots sans suite.

« C'est vous, mon père? put-elle enfin prononcer tout bas.

— Dieu! que c'était beau! dit une voix inconnue. Élisabeth, avant que je me nomme, je vous en prie, continuez un moment.

— Dites-moi d'abord qui vous êtes, demanda la jeune fille d'une voix affermie.

— Je suis Henry Jackson.

— Henry! Vous, vous! Mais comment êtes-vous là?

— Qu'importe, ma petite Élisabeth, par où je suis venu? Je suis près de vous, à vos ordres. Je viens vous demander si vous êtes satisfaite de votre vie et si je puis vous être utile à quelque chose.

— Dites-moi d'abord: est-ce que l'oncle Allan est près de vous?

— Non, je suis seul; mais l'oncle Allan n'est pas loin. Il ne faut pas perdre de temps en vaines paroles.

— Approchez-vous, Henry! Avez-vous peur de moi? »

Henry Jackson fit quelques pas, étendit ses mains vers l'ombre de sa cousine.

« Comme vous êtes devenu grand! » dit Élisabeth.

La lune, à ce moment, sortit de l'horizon.

« Comme vous êtes devenue belle! » dit Henry.

Et ils n'osèrent s'embrasser comme ils faisaient jadis.

« Vous êtes bien sûr, mon cousin, que nous ne rêvons pas?

— J'allais vous faire la même question ; mais allons vite, comme dans les rêves : je vous assure que le temps presse. Répondez d'un mot à mes questions. Avez-vous confiance en moi ?

— Oui, quoique je ne sache vraiment pas d'où vous tombez.

— Du ciel, ma cousine, comme il convient à tout bon libérateur. Êtes-vous heureuse ?

— Non.

— Mon oncle vous traite-t-il comme un bon parent ?

— Hélas ! il me traite plutôt comme un mauvais maître fait d'un pauvre esclave.

— Très bien.

— Comment, très bien ?

— Je veux dire que je m'en doutais... Auriez-vous de la peine à quitter cette maison ?

— Mon devoir n'est-il pas d'y rester jusqu'à ce que la loi me libère ?

— Vous parlez comme une condamnée qui attend la fin de sa peine.

— Je suis une fille obéissante. Et puis, si j'abandonnais cette maison, où irais-je ?

— Où vous voudrez, mon ballon est à vos ordres. »

Et Henry Jackson, d'un doigt tendu au-dessus de leur tête, montra un petit point dans l'espace.

« *Le Bonheur*, ma cousine ; il s'appelle *Le Bonheur*. Il m'a amené ici sans que personne s'en doute, il attend mon signal (une flamme rouge) pour revenir me prendre, nous prendre, si tel est votre bon plaisir.

« — Vous m'enlèveriez ! Mais c'est impossible ! Que dirait le révérend Ascott ?

— Qui est le révérend Ascott ?

— Mon précepteur, un brave homme que j'aime beaucoup.

— Faites-le venir. Nous allons lui demander conseil. »

Un téléphone intérieur prévint le précepteur, qui accourut.

Les présentations furent faites brièvement, et tout de suite Henry Jackson raconta son histoire, sa querelle avec l'oncle Allan et le débarquement sur la tour.

Devant cette franchise qui lui plut, Élisabeth eut honte d'avoir gardé si longtemps son secret.

L'annonce du fameux message ne laissa pas de troubler le révérend Ascott.

Il se précipita sur l'appareil récepteur et lut la dépêche.

« Je m'en doutais, s'écria-t-il. Jusqu'au dernier moment, il a hésité à parler, à crier son trouble à travers l'espace. C'est à l'arrêt de Weyne, entre Chicago et Cleveland, qu'il a senti la nécessité de vous dénoncer, monsieur. M. Allan Jackson sera ici dans une heure. '

— Nous n'avons donc pas une minute à perdre, monsieur. Examinez vite la situation, je vous en supplie. »

Mais le révérend Ascott n'est pas de ces gens supérieurement doués, dont le cerveau fonctionne sur commande. Ascott sait réfléchir, mais lentement ; quand on le brusque, il aime mieux céder tout de suite.

« Je vais vous aider, continua le jeune aéronaute. D'un côté, une prison pour votre élève et une vie médiocre près d'un tuteur insensé. De l'autre, la liberté avec toutes ses belles conséquences.

— ... Et toutes ses folies, ajouta peureusement le révérend Ascott.

— Mon père, j'abdique. Je me contente de sauver ma cousine ; pour sa vie de demain, je m'en rapporte à elle et à vous.

— A moi ?

— Sans doute ; vous pensez bien que je vous emmène.

— Oh ! oh ! soupire le bon précepteur, voilà qui change de

thèse… Comment refuser de faire un beau voyage, surtout s'il doit être profitable à mon excellente élève, à ma chère petite Élisabeth, qui est si peu elle-même ici, qui mériterait une si belle vie ?

— Oui, comment refuser? dit Henry. C'est tout à fait impossible. Il faut s'occuper des bagages. Le minimum, bien entendu !

— Oh ! moi, dit la jeune fille, une valise et ma harpe. Je suis à vous dans un quart d'heure.

— Mes pauvres livres ! soupira Ascott.

— Emportez de quoi écrire, tout simplement. En voyage, on ne lit pas, on regarde et l'on prend des notes... »

C'était jeter au pauvre Ascott le meilleur appât qu'on pût imaginer. Grâce aux hésitations de son précepteur, Élisabeth était tout à fait décidée.

Tous les deux, l'instant d'après, se rencontraient, la valise à la main, sur un palier de la tour.

« Advienne que pourra! dit Élisabeth, les yeux illuminés.

— A la grâce de Dieu! » dit le révérend, avec l'air d'un homme qui se noie et tend les mains vers la barque qui s'approche.

Et ils reprirent leur marche vers la grande terrasse.

Pendant leur absence, le spectacle avait changé.

Henry Jackson avait fait le signal convenu, et le ballon était, d'un bond, tombé jusqu'à vingt mètres de la tour. Dans une petite nacelle d'osier, détachée des flancs de la grande, la harpe, sous sa housse, attendait la jeune musicienne.

« Oh! que c'est gentil, mon cousin, d'avoir songé à protéger ma chère compagne!

— Vite! vite! montez. »

Et la nacelle hissa à bord Élisabeth et sa harpe.

Pendant la manœuvre, un bruit insolite monta par la bouche de l'escalier. Des gens couraient, criaient.

« Il était temps! » dit Henry Jackson.

Trois hommes débouchèrent presque en même temps : deux domestiques et l'oncle Allan lui-même, congestionné, tremblant, fourbu.

« Où est Élisabeth? s'écria le vaincu.

— Elle n'est plus chez vous, monsieur. Elle est chez moi. Que lui voulez-vous ?

Il l'aida à se hisser dans la nacelle.

— Elle est chez vous, mais elle est à moi.

— Venez donc la reprendre. »

La nacelle, redescendue, attendait les voyageurs.

« Voulez-vous partir avec nous? D'ici à New-York, nous réglerons nos petites contestations. Monsieur Ascott, montez, je vous prie. »

Le révérend hésitait. Il se tourna vers l'oncle Allan.

« Dans l'impossibilité, monsieur, où j'étais d'empêcher le départ de miss Élisabeth, j'ai pensé que mon meilleur devoir était de l'accompagner. Je veillerai sur sa santé, et continuerai son instruction aussi longtemps qu'il sera désirable.

— Ascott, je vous savais stupide, j'ignorais que vous fussiez malhonnête.

— Monsieur est désormais mon hôte, dit Henry, et je ne souffrirai pas... Allons, mon oncle, décidez-vous. Vous devez avoir affaire à New-York. »

Tandis qu'Allan Jackson tournait autour de la nacelle en marmotant des mots inintelligibles, son neveu, qui avait remarqué que les domestiques, à l'écart, cachaient leurs mains, alla vers eux et, leur montrant deux sacs de cuir (le poids des nouveaux voyageurs), leur dit :

« Pour vous, de la part de miss Élisabeth. Je vous conseille de mettre cela de côté, si vous ne voulez pas que l'oncle vous les chipe... »

Quand ils eurent compris de quoi il s'agissait, les deux valets rentrèrent leurs revolvers dans leur poche et allèrent soupeser leur sac de cuir.

« Mon oncle, dit alors Henry, je suis infiniment désolé; mais il se fait tard, et mon capitaine doit être impatient. Venez-vous ? »

Et le jeune homme sauta dans la nacelle, qui commença de s'élever.

« Tirez! tirez! » cria l'oncle.

Mais les domestiques avaient disparu.

« Arrêtez! arrêtez! »

S'agrippant aux rebords de la nacelle, l'oncle Allan se sentit tout à coup soulevé, et il en perdit la parole.

« Allons, monsieur, dit le neveu, vous voyez que vous auriez mieux fait d'accepter tout de suite mon invitation. Ce petit voyage, d'ailleurs, ne vous coûtera rien, et je suis certain qu'Élisabeth sera heureuse de vous revoir avant de vous quitter pour toujours. »

Et saisissant Allan Jackson par les bras, il l'aida à se hisser dans la nacelle monte-charge, qui disparut bientôt dans le trou de la grande nacelle, tandis que le ballon, enfin libre de ses mouvements, s'élevait à une hauteur raisonnable et s'élançait vers son nouveau but.

« New-York! » avait crié Henry.

Et Davids, impassible, avait mis le cap sur sud-est-est.

LES NOUVEAUX PASSAGERS DU BALLON « LE BONHEUR »

C'était la première fois qu'Allan Jackson montait en ballon, et tout de suite quel terrible apprentissage ! Il se sentait encore les jambes suspendues dans le vide, et dans le creux de ses mains il croyait sentir le glissement de l'osier. Quelle chute il aurait faite, sans le prompt secours de son neveu !

Et maintenant, debout sur le pont du ballon, il ne savait quelle contenance adopter. Il se dandinait d'un pied sur l'autre, comme pour chercher son équilibre, et cependant le plancher ne bougeait pas. Derrière la broussaille de ses sourcils, ses yeux allaient de côté et d'autre. Sa petite cravate paraissait plus rose que jamais.

Il était à la merci de ces gens qui s'agitaient autour de lui, dans la lumière électrique toute crue qui venait d'éclater au-dessus de sa tête.

Ascott et Henry avaient disparu par le petit escalier des étages. Il allait prendre le même chemin, quand Davids, qui daignait enfin s'apercevoir de son existence, étendit le bras :

« Pardon, monsieur, je vous prie. Ici, c'est nous qui faisons la police nous-mêmes. Veuillez me remettre votre revolver et les couteaux que vous pouvez avoir sur vous. Je ne vous fouillerai pas, par égard pour votre neveu ; mais si je m'aperçois que vous m'avez trompé, je vous fais jeter par-dessus bord. Nous ne sommes qu'à quinze cents mètres ; mais, tout de même, quelle galette en arrivant à terre ! galette de milliardaire, certes, mets rare, mais galette tout de même. »

Allan Jackson ne se fit pas prier davantage. Colosse dompté par un nain, il se contenta de grogner pour la forme quelques jurons, et sortit deux revolvers et trois couteaux.

« Nous vous les rendrons à la sortie, soyez sans crainte. Asseyez-vous donc, je vous prie. »

Un des mécaniciens apporta un tabouret.

« M. Henry fait sans doute à miss Murray les honneurs de ses appartements... »

Allan Jackson, docile, se laissa tomber sur le siège qu'on lui avait préparé.

« Tout le monde se moque de moi ici, mais j'aurai ma revanche. On tâchera qu'elle soit terrible ! »

Et il croisa les bras, dédaigneux de ce qui se passait autour de lui.

*
* *

Pendant ce temps, miss Élisabeth allait d'émerveillement en émerveillement. De cette maison aérienne, le spectacle était plus grandiose encore que de sa terrasse, qui était ce que la jeune fille connaissait de plus délicieux.

La lune éclairait deux immensités dont le ballon semblait être le centre. En haut, c'était, dans leur écrin bleu de nuit, une myriade de diamants pleins d'étincelles. En bas, enchâssés dans la verdure dominante, c'était le plus extraordinaire réseau de rivières, de canaux, de voies ferrées, avec, à leur rencontre, les toiles d'araignées que les hommes y ont tissées, qu'ils appellent des villes, et où ils vivent de débauches et de vols, serrés les uns contre les autres et s'entre-tuant.

Une carte à la main, Henry renseignait sa cousine.

« Là-bas, ce sont les lumières de Buffalo. Ne dirait-on pas quelque diabolique brasier? Par delà, cette mer, c'est le lac Ontario. Plus près de nous, ces longs rubans d'argent, c'est Seneca, Cayuga, avec, à l'extrémité, Ithaca. Rien d'Ulysse, d'ailleurs ; nous ne sommes pas au bout de notre voyage... Tout à fait au-dessous de nous, Machias, Portageville. Ce rapide que nous allons dépasser s'en va à Corning. »

La jeune fille écoutait à peine. Elle regardait, regardait, et son cœur battait, et son âme chantait. Comme il faisait bon oublier le médiocre hier!

« Vous n'êtes pas fatiguée? demanda Henry.

— Fatiguée, moi? Mais je m'éveille. Il y a vingt ans que je dors.

— La Belle au bois dormant...

— Mais oui, prince Charmant! Vous m'avez ouvert les yeux sur le monde. Qu'il est grand! qu'il est beau!...

— Qu'il est méchant!

— Oh! il n'en a pas l'air...

— Ici, nous sommes à l'abri.

— Gardez-moi, je ne serai point encombrante.

— Je ne pense pas à vous rendre.

— Oh ! voyez, là, là, sur cette colline, à l'ombre de ce petit bois, ce gentil cottage qui sommeille... »

Henry, à son tour, n'écoutait pas.

« Comment vont les deux Margaret ?

— Oh ! s'écria joyeusement Élisabeth, vous vous souvenez de mes poupées ! Mais comme c'est mal de votre part de me rappeler mes petites amies d'enfance au moment où vous me séparez d'elles !...

— Pardonnez-moi... »

Tandis que les deux jeunes gens devisaient appuyés sur le bastingage du quatrième pont, oublieux déjà des événements de la nuit, le révérend Ascott était en extase dans la bibliothèque d'Henry. Il prenait chaque livre, le palpait, l'ouvrait et poussait soupir sur soupir :

« Tous les chefs-d'œuvre ! Il a tous les chefs-d'œuvre ! »

Il disait vrai. Le jeune aéronaute avait garni son studio des meilleurs ouvrages produits dans toutes les langues. Il n'y avait que deux cents volumes, mais quels volumes ! Tout le génie humain, dans un espace à tenir d'une main à l'autre entre les bras tendus.

Tout en s'extasiant, le révérend Ascott réfléchissait. Examinant par le détail le cas qui s'était présenté à lui cette nuit, il arrivait à cette conclusion qu'Élisabeth, son cousin Henry et lui-même avaient peut-être agi bien légèrement. Il repoussa le dernier volume à son rang :

« Il faut que je le leur dise ! »

Et il grimpa précipitamment les étages, à la recherche des coupables.

« Mes enfants, mes enfants, qu'avons-nous fait ? »

Les jeunes gens se retournèrent et, devant le lamentable visage d'Ascott, ne purent s'empêcher de rire.

« Vous riez, vous riez, s'écria le pauvre homme, et vous êtes
la cause que je serai peut-être damné. Il faut que je me disculpe.
Il faut que M. Allan Jackson nous juge, tous trois, sans plus
tarder. Il est juste que nous nous en rapportions à sa décision,
car nous l'avons trompé. »

Il n'est pire émotion que celle des gens d'un naturel calme. Le
révérend Ascott faisait peine à voir.

L'oncle Allan rôda d'étage en étage, s'intéressant enfin à la merveilleuse machine.

« Eh bien ! asseyez-vous. Nous allons faire monter notre
juge, comme vous dites, s'écria Henry. Mais restez calme, je
vous prie, et n'aggravez pas votre cas par un excès de zèle
tardif.

— Ah ! vraiment, s'écria Allan Jackson lorsqu'il fut en présence des coupables, vous daignez m'admettre en votre compa-
gnie. Je suis étonné, monsieur, que vous ne me fassiez pas lier
les mains derrière le dos. Prenez garde, j'ai des poings, excel-
lents arguments, et des dents pour mordre. »

Ascott, qui n'avait plus envie de se mettre en avant, tremblait, appuyé sur un meuble. Élisabeth, toute droite, les doigts joints, le visage pâle, regardait le terrible homme de la tutelle de qui elle venait d'être si soudainement libérée.

Henry Jackson, la main à la ceinture, fixait son oncle, prêt à sortir une arme au moindre mouvement offensif du prisonnier.

« Allons, mon oncle, parlons raisonnablement. Jusqu'à cette heure, nous avons lutté avec loyauté. »

Élisabeth s'avança la première :

« Mon oncle, pardonnez-moi. J'ai mal agi en quittant votre maison sans votre assentiment. Mais, traitée en captive, hélas ! j'ai agi en captive.

— Mademoiselle, je ne vous connais plus. Vivez donc à votre guise.

— Les soucis et les tourments de ma jeunesse s'effaceront vite de ma mémoire. Je n'oublierai jamais vos bienfaits... »

Allan haussa les épaules et, se tournant vers le révérend Ascott, il s'écria :

« Et vous, monsieur le précepteur, qu'allez-vous imaginer ?

— Oh ! moi, monsieur, je suis prêt à subir mon châtiment. Tout cela a été si précipité...

— Que vous n'avez pas eu le temps de discerner le bien du mal.

— Eh ! mon Dieu, c'est à peu près cela. Que celui qui sait toujours où se trouve le droit chemin me jette des pierres.

— A qui se fier, si les pasteurs eux-mêmes ne savent plus se conduire ? Mais, l'un et l'autre, vous avez été victimes des belles promesses de monsieur l'Utopiste. Il n'y a rien à dire aux fous, il faudrait les faire enfermer.

— Il n'y a pas de prison dans les nuages.

— Dans les nuages, c'est le mot, il me tarde d'en descendre... Au moins, j'ai votre parole que vous me menez à New-York?

— Vous y serez demain, avant la clôture de la Bourse.

— Il est temps que tous ces jeux finissent.

— Je vous ai fait perdre beaucoup d'argent?

— Oui, au moins deux cent cinquante mille dollars. Je devais télégraphier l'ordre hier. J'ai oublié, au milieu des tracas dont vous m'abreuvez.

— Ils finiront par une entente cordiale qui réjouira tout le monde. »

Le neveu prit son oncle à part, et à brûle-pourpoint, d'une voix étranglée :

« Je vous achète Élisabeth un million. »

Allan Jackson ne fut pas surpris :

« Elle vaut davantage.

— Deux millions.

— J'en veux trois.

— Je ne marchanderai pas. C'est la valeur au bas mot de Waterbury. Je vais vous remettre les papiers nécessaires. Waterbury, à partir de ce moment, est à vous ; Élisabeth, à moi.

— C'est entendu.

— Je désire aussi que vous me promettiez par serment que ce marché ne sera connu de personne au monde.

— Cela va de soi. Mes affaires sont mes affaires. Je ne vais pas les crier sur les toits. »

Un sourire narquois détendit les traits de l'oncle Allan.

« Et maintenant, dit Henry, voulez-vous me permettre de vous faire les honneurs de mon ballon ? Voici le jour. Nous dormirons ce soir. Désormais vous êtes mon hôte. »

Satisfait sans doute de son opération, l'oncle Allan fut tout
à coup un autre homme.

« Est-ce qu'on ne pourrait pas, dit-il, manger d'abord quelque
chose ? Je n'ai pas dîné hier soir, et je suis sûr qu'Ascott, malgré
ses remords, meurt de faim comme moi. »

Jamais la famille n'avait été si unie qu'elle le parut l'instant
d'après, à un kilomètre au-dessus de Carbondale, autour d'un
copieux déjeuner, assaisonné par l'esprit de l'oncle Allan.

Surexcité par toutes ces circonstances extraordinaires accu-
mulées en une seule nuit, le révérend Ascott improvisa un
discours sur l'éducation des filles en ballon qui obtint le plus vif
succès.

« Bah ! conclut l'oncle Allan, que l'altitude continuait d'exciter,
nous sommes tous des gens bien élevés, et vous n'y êtes pour rien,
mon révérend. »

Les hommes se familiarisent vite avec les plus fantastiques
aventures. La tempête est à peine apaisée, que leurs petites
manies les reprennent. Le marin qui vient d'échapper à la mort
cherche sa pipe.

A bord du ballon monstre que le nain Davids dirige à son gré,
chacun reprend ses habitudes de la veille.

Un crayon aux lèvres, Allan et Ascott ruminent, l'un des
chiffres, l'autre de subtiles réflexions sur les variations de l'hu-
meur.

Élisabeth cherche l'endroit où elle pourra poser sa chère
harpe.

Seul, Henry Jackson est dominé par l'émotion. Il regarde sa
cousine, qui s'installe si gentiment chez lui et dans sa vie. Il ne
sait trop ce qu'il en doit penser et ce que l'avenir lui réserve. Il
regarde Élisabeth, et cela seul l'intéresse, de la voir près de lui,

elle, si mignonne, si douce, elle qu'il a vue, il y a quelques instants, si émue, si grave, puis si décidée.

En bas, Davids, comme s'il n'était rien survenu de nouveau, guide vers son but, par-dessus les villes et les fleuves, le ballon *le Bonheur*.

Ses calculs achevés, l'oncle Allan rôda d'étage en étage, s'intéressant enfin à la merveilleuse machine qui le porte. Il interrogea Davids, qui répondit avec une brièveté un peu agressive que ne voulut pas relever le nouveau venu.

Il ne se pencha qu'une fois par-dessus le bastingage; car, s'il avait du goût pour les aventures, il aimait aussi à se savoir en sécurité. Même il frémit tout entier et blêmit quand, vers onze heures, le ballon s'ébroua comme une bête qui sent l'ennemi approcher.

« Qu'est-ce que c'est? dit l'oncle.

— Rien, un orage à traverser, » répondit Davids, dont le visage montra un peu d'anxiété.

VII

UN ORAGE. — UNE BATAILLE

L'instant d'après, l'aérostat entrait à grande allure dans un de ces énormes nuages d'été qui obscurcissent soudain toute une contrée et qui portent la grêle et le désastre dans leurs sombres flancs.

Henry Jackson enferma Élisabeth dans la chambre close, jeta un manteau à Ascott, et courut prendre son poste de manœuvre.

Il y avait danger, Davids ne le cacha pas.

On essaya d'abord de monter, mais le nuage était monstrueux. Il ne finissait pas. Alors on fit machine arrière. Tous les cordages du *Happiness* gémirent, comme s'ils se refusaient à suivre le mouvement.

« Ils ont raison, s'écria Davids, toujours aux aguets des conseils que lui soufflaient les choses. Il faut descendre. »

Mais il était trop tard. Excité peut-être par les manœuvres contradictoires de la masse énorme du ballon, le nuage s'éclaira tout à coup d'une aveuglante lueur, et l'orage éclata.

Le ballon bondissait comme la balle d'un jeu de Titans.

Ce fut terrible. On ne connait que les petits orages, à la taille des hommes, qui viennent jusqu'à terre ; on ignore les tempêtes gigantesques dont le ciel est seul témoin. Les passagers de *The Happiness* faillirent payer cher l'audace de savoir planer. Le bruit assourdissant du tonnerre éclatait sans discontinuer, et les éclairs blêmissaient de tous les côtés à la fois. Le ballon bondissait comme la balle d'un jeu de Titans. Les nacelles s'agitaient, se rapprochant et s'éloignant tour à tour, renversant les gens et les choses. L'argenterie avait quitté les tiroirs du buffet et roulait avec des cris qui se prolongeaient en musique ténue, pour cesser un instant, puis reprendre. Ascott priait, Élisabeth pleurait; Allan Jackson, cramponné à un cordage, lançait les plus horribles jurons vers son neveu et sa nièce, vers Davids et vers Dieu.

Quatre heures durant, désemparé, envahi par la brume et la grêle, une des nacelles à moitié brûlée, le ballon flotta dans l'espace.

On ne savait plus si l'on montait, si l'on descendait, si l'on avançait ou si l'on reculait. Mais le vaisseau aérien tenait bon. Il se laissait malmener par le vent, par la pluie et par les décharges électriques, et il sortit sauf de l'épouvantable épreuve.

Quand le soleil reparut, Davids courut visiter la coque de l'aérostat. S'agrippant au filet comme un chat aux ardoises d'un toit, il fit le tour de la base, et revint satisfait. Puis il fit une minutieuse inspection de toutes les nacelles.

Henry s'était élancé vers la chambre où gisait sa cousine.

« Nous sommes sauvés ? s'écria la jeune fille anxieuse.

— Oui, ma chère petite amie. Venez voir le soleil et la terre.

— Quel terrible baptême !

— Nous voici aguerris et capables d'affronter de moindres périls. »

Ascott, le chapeau ruisselant, serrait les mains de tout le monde :

« Quelle histoire! quelle histoire! C'était un nuage qui n'aimait pas les visites. »

Tous les visages étaient souriants. Tous les yeux regardaient vers la terre.

Des trains se croisaient sur les rails lumineux, des autos filaient comme des boules sur le ruban des routes, des fumées montaient des usines, des rideaux d'arbres se balançaient doucement. Il n'avait pas plu sur la terre. Le *Happiness* s'était jeté à la tête d'un monstre, et ils avaient lutté l'un contre l'autre, tout seuls, dans l'espace.

Allan Jackson avait conservé sa tête renfrognée. Peu à peu cependant il se contint, et comme Davids, sa tournée achevée, s'était assis à son poste d'observation, il rôda autour de lui :

« Nous l'avons échappé belle, monsieur Davids !

— Oui.

— Dites-moi : si la tempête avait crevé le ballon, nous serions tombés comme un oiseau blessé par la balle d'un chasseur ?

— Non. En cas de chute, les nacelles, munies d'ailerons circulaires en forme d'hélice, seraient animées d'un mouvement giratoire qui amortirait singulièrement la chute. De plus, nous serions, du même coup, séparés de la double enveloppe et munis de longues tiges qui, arrivant à terre avant nous, s'enfonceraient dans le sol et feraient, dans un terrain favorable, une coquette tour de cinq étages.

— C'est charmant !

— Mais nous n'en sommes pas là.

— Pourquoi pas? Je donnerais quelque chose pour assister à
cette petite manœuvre.

— Quelque chose?

— Oui, monsieur Davids, reprit à voix basse l'oncle Allan
penché vers le nain. Une grosse somme, une très grosse somme :

un beau petit million à vous remettre, tout de suite, de la main
à la main.

— Ah! ah! ah! ricana Davids. Vous voudriez que je crève
mon ballon pour vous faire plaisir?

— Pour gagner une fortune, monsieur Davids, avec laquelle
vous pourriez construire d'autres ballons, bien à vous, ceux-là, et
non pas à un fou.

— Taisez-vous! grinça Davids.

— Un million, cela vaut qu'on réfléchisse un instant.

— Je vous dis qu'il va vous en cuire! hurla le nain. A qui croyez-vous donc vous adresser? Je n'ai pas votre âme vile. Je ne suis pas un traître. Ce que je veux faire, je le dis tout haut. Écoutez, les gars : cet homme est un pourceau, qui voudrait que je tue notre ballon. Monsieur Henry, venez, venez, cela vaut la peine que vous vous approchiez. Votre oncle est un sale bonhomme. J'ai envie de le suspendre par les pieds sous la nacelle !

— Calme-toi, Davids, nous approchons du but. Nous allons nous séparer du cher homme, dit Henry Jackson. Est-ce que ce n'est pas New-York que l'on aperçoit dans le lointain, ici, dans le lointain ?

— New-York? mais oui M. Allan veut descendre à New-York. Ses intérêts l'y appellent... Ah! ah! ah! *Monsieur* veut descendre à New-York!... Mais monsieur, ici, est moins que rien. Il ne vaut pas cette mouche qui vole. Monsieur Allan Jackson, vous avez voulu acheter ma conscience, vous ne descendrez pas à New-York.

— Allons, Davids, implora le neveu à mi-voix, débarrasse-nous-en.

— Il serait trop heureux.

— Si vous ne m'arrêtez pas à New-York, je vous brûle la cervelle.

— Imbécile ! ricana Davids.

— Davids ! insista Henry.

— Je suis le maître, dit le nain, redevenu calme. Ici, c'est moi qui commande. »

La plus extraordinaire forêt de maisons que les hommes aient bâtie s'avançait à la rencontre du ballon. Ce n'étaient qu'arêtes de pierres fumeuses. On eût dit l'énorme squelette d'une ville incendiée de géants. Mais, à mesure qu'on approchait, une grande rumeur montait : roulements sourds, sifflets, cris de sirènes. D'invisibles pygmées habitaient cette cité cyclopéenne. C'était bien New-York, doublée de Brooklyn ; New-York, capitale du nouveau monde, New-York et ses quatre millions d'habitants, grouillant en vingt couches superposées.

« Là ! là ! Arrêtez-vous là, et je vous donne de quoi acheter un royaume.

— Mon royaume est ici. Je n'en désire pas d'autre, tant que je vivrai, répondit Davids. Venez, regardez tous ces trains bondés qui déversent des hommes affamés de plaisir, et ces autres trains qui s'en retournent repus. Écoutez le bruit de la foule anxieuse. Entendez-vous les grincements des plumes sur les registres, et ce bruit d'or, ce froissement de billets ?... Ah ! ah ! c'est New-York, la cité des dollars ! New-York où vous n'irez pas, où vous n'irez peut-être jamais plus ! »

A ce mot, Allan Jackson, qui depuis un moment s'enfonçait les ongles dans les poings, bondit vers le nain, le visage violet, les yeux injectés, la poitrine haletante : ses deux énormes bras ouverts, il allait étouffer Davids. Un cri jaillit de toutes les bouches. Les hommes se précipitèrent, Henry en tête ; mais le moucheron avait paré le coup de griffes du lion. Il avait prévu l'agression. D'une cabriole, il était passé entre les jambes d'Allan, et, quand il se fut remis debout, il avait à la main un couteau ouvert. Il lança un autre couteau à son agresseur, qui s'en empara avec un cri sauvage.

Et il ne fallut pas songer à arrêter la bataille.

Bien d'aplomb sur ses larges pieds, la poitrine effacée, Allan, qui n'en était pas à sa première affaire, fonça de nouveau sur le nain. C'était sa tactique. Davids, cette fois, d'une volte rapide, se trouva sur la droite de son adversaire, dont le bras tendu restait à découvert. D'un geste prompt et léger, un geste de chirurgien, le nain ouvrit la manche d'Allan, de l'épaule au poignet; puis il se replaça en garde.

Empêtré dans son vêtement en lambeaux, Allan Jackson rugit; mais déjà Davids avait rebondi à gauche, et d'un mouvement pareil avait taillé dans l'autre manche, et d'un coup de talon, dans le même temps, il écrasait le pied gauche d'Allan, qui poussait un gémissement de rage.

Davids, sur le bord du bastingage, les bras ouverts en croix, riait les dents découvertes. Allan ne put résister à la tentation, et, faisant un moulinet de son bras, il lança son couteau vers la poitrine tendue du nain diabolique.

Davids avait dirigé tous les gestes d'Allan, celui-ci comme les autres; aussi n'eut-il qu'à se laisser glisser sur le plancher pour éviter la lame aiguë, qui brilla un moment, puis disparut par-dessus bord.

Désarmé, ridicule, la bave aux lèvres, Allan Jackson, le milliardaire impuissant, se laissa tomber essoufflé sur un siège, au grand soulagement de toute l'assistance.

Davids, vite relevé, se pencha sur le bastingage, et de sa gorge sortit un cri de victoire et de joie:

« Mer! mer! »

Tous se précipitèrent, Henri, Ascott, Élisabeth, les mécaniciens, et les cœurs dans les poitrines bondirent.

Quelques navires s'essoufflaient vers la terre. D'autres les croisaient, qui partaient vers l'Europe. Puis, à perte de vue, à l'est, l'Océan s'étendait.

« La mer! la mer! »

Allan Jackson se souleva. Les manches de sa chemise en écharpe le faisaient ressembler à un gros insecte aux ailes cassées. Il alla jusqu'au bord de la nacelle, et, lui aussi, dans un soupir d'anxiété, dit tout haut :

« La mer ! »

Tout autre homme que l'oncle Allan se serait avoué vaincu et aurait signé un traité de paix. Mais il aurait fallu pardonner à Davids de l'avoir bafoué, puis ridiculisé, et cela était tout à fait impossible de la part d'un homme chez qui l'orgueil était devenu maître absolu.

Comme un vieux sanglier, acculé dans sa bauge, fait face à l'ennemi, les crocs dehors, Allan alla s'asseoir dans un coin du pont, derrière les caisses à eau, et attendit le moment propice pour foncer à nouveau sur les chasseurs.

Élisabeth, bravement, s'avança vers lui, tel saint François d'Assise au-devant du loup de Gubbio.

« Mon oncle, donnez-moi votre vêtement, que je répare l'accident. »

Il suffit parfois d'une parole pour faire tomber la plus terrible colère.

L'oncle Allan tendit à la jeune fille sa redingote informe.

Même il sourit. Mais on savait ce que valaient les sourires de l'oncle Allan.

VIII

Le soir tombait. La terre, au couchant, s'embrasait.

Le révérend Ascott demanda timidement la permission de lire tout haut quelques pages des Écritures. S'enhardissant, il termina par des prières pour élever les âmes et demander à Dieu une bonne traversée.

On a vite, sur un ballon, des cœurs de marins.

Chacun répéta tout bas, pour soi, les prières. Puis l'on s'occupa d'organiser les lits.

L'oncle Allan ne voulut rien autre chose qu'une couverture dans laquelle il s'enroula. L'instant d'après, il ronflait.

Quand il eut installé tout son monde. Henry, malgré la fatigue, se mit à réfléchir. Que devenaient ses projets? Allait-il toujours voir son ami Jablin? Sans doute; mais le but de son voyage passait au second plan, tandis que son voyage lui-même, son ballon et ses passagers prenaient de l'importance.

« Je consulterai Élisabeth. »

Car « ses passagers » c'était surtout sa cousine.

Il l'avait enlevée à son tuteur, de force, puis il la lui avait
achetée. Il s'agissait maintenant d'organiser à la jeune fille une vie
honorable et douce.

Davids n'avait pas ces préoccupations. Après la bataille, il
avait dormi une heure et, depuis, il veillait tout seul aux
machines.

La nuit se passa, du reste, sans incidents. Le ballon se main-
tint à une hauteur raisonnable ; le ciel était pur, la mer calme.

Davids n'était vraiment lui-même que pendant ces heures noc-
turnes où il était de garde, tout seul. Il ne tenait pas, à ces
moments-là, à faire de la vitesse. Sans doute, il fallait bien marcher ; mais si les yeux du nain étaient plus vifs que le jour, s'il
sortait de ses lèvres un petit sifflement rythmé, si sa poitrine
bombait plus qu'il n'était nécessaire pour une bonne respiration,
c'est que, dans la solitude, il sentait pleinement sa puissance.

Lui, Davids, l'homme difforme, rebut de l'humanité, il dominait tous les hommes sans exception, jusqu'à ceux de son bord,
puisqu'ils dormaient. Il planait par-dessus la terre elle-même,
par-dessus toutes les inventions humaines ; il avait l'agréable sen-
sation de la palpitation presque tangible de son cerveau. Jeu
dangereux, car trop d'orgueil tue.

Mais Davids était vite réveillé de son grand songe de souve-
raineté par un besoin quelconque du moteur, par un soin à donner
à quelque rouage, ou par toute autre préoccupation matérielle.

Le dieu s'éteignait, et l'homme se précipitait, une burette à
la main.

Tout le monde, à bord, vit naître l'aurore.

Élisabeth chanta, alouette matinale. Le révérend Ascott, avant
d'ouvrir tout à fait les yeux, fit le tour de ses péchés, qui étaient,

depuis vingt-quatre heures, en nombre inhabituel. Henry Jackson n'était pas moins conscient de ses responsabilités.

Quant à l'oncle Allan, il se réveilla tout simplement dans une grande colère. Lançant sa couverture au milieu du pont, il s'écria :

« Je veux retourner à New-York ! Si l'on ne m'obéit pas, je casse tout ! »

Davids se contenta de ricaner, ce qui acheva d'exaspérer le vaincu de la veille.

Quand Henry se montra, une nouvelle bataille était imminente et qui eût pu tout de suite mal tourner, car Allan n'avait que ses poings, et Davids, son bon droit et le revolver de la légitime défense.

Allan se tourna brusquement vers son neveu :

« Mais expliquez-lui donc, Henry. Si mon absence se prolonge, je manque une foule de bonnes affaires. Pire que cela, si je suis attaqué, et l'on m'attaquera, je ne puis me défendre, et d'épouvantables catastrophes me menaceront. Ma puissance sera ébranlée de tous côtés, on sapera ma fortune. En huit jours, je puis être ruiné. Ruiné ! Entendez-vous ? moi, Allan Jackson, le roi des plages et des casinos, l'homme indispensable, ruiné, ruiné !

— Je ne suis pas inquiet, mon oncle. Une pirouette, et vous serez vite debout à nouveau, arrachant des poches de vos adversaires l'argent que vous leur disputez. Car, il faut bien le dire, l'argent est à tout le monde. Et que m'importe que ce soit vous qui l'ayez un moment, ou Kistor, ou Thomas Barclay, ou John Marackton ! »

Et tandis que la discussion se continuait acerbe, Davids, machiavéliquement, manœuvrait de telle sorte que le ballon, tout

On échangeait des signaux avec les bateaux du large.

en continuant d'avancer, descendait par saccades régulières. Tout
à coup le nain s'écria :

« Attention! Tout le monde au poste de secours! Monsieur
Henry, à l'hélice de montée! Monsieur Ascott, près de moi,
veillez à ce cadran! Je vous dirai ce que vous avez à faire.
Mademoiselle Élisabeth, et vous, monsieur Allan, aux sacs de
lest! Vite! vite! »

Il n'y avait point danger. Mais Davids avait imaginé ce nouveau supplice pour Allan Jackson. Les sacs étaient posés de telle
sorte sur le bastingage, qu'il n'y avait qu'à dénouer la lanière de
cuir pour que le lest s'échappât. Élisabeth fut la plus prompte,
et un flot du lourd métal s'échappa de la bouche de cuir.

Allan avait reconnu les sacs. Ses mains tâtonnaient, mala-
droites.

« Du lest! du lest! criait Davids, ou nous sommes perdus! »

L'oncle Allan parvint enfin à élargir l'ouverture du sac, et
quelques pièces s'échappèrent. Il mit ses doigts en barreaux pour
arrêter l'élan des dollars. Davids savait bien ce qu'il faisait en le
préposant au lest. Jamais, de sa vie, Allan n'avait enduré pareil
supplice.

Sentir entre ses mains fiévreuses glisser les froides petites
pièces d'or, les voir s'éparpiller dans l'air, comme du sable vil,
et disparaître dans l'eau comme un appât à goujons, oh! non,
non, non, non! c'était au-dessus de ses forces.

« L'or! l'or! murmurait-il d'une voix tremblante. Mon or!
c'est fou, fou! Arrêtez! arrêtez! Mais c'est impossible! Je ne puis
plus, je ne puis plus! »

Et crispant ses doigts vers l'ouverture, il serra dans ses poings
quelques dollars et s'enfuit à l'autre bout du pont, laissant le sac
se vider tout seul dans la mer.

Le ballon était remonté dans l'air.

Henry n'avait pas aimé cette scène-là, inutile d'ailleurs, et il en voulait à Davids de l'avoir imaginée. L'or qui tombe sur la terre, dans les villes, près des maisons, dans la campagne, et même dans les champs déserts, est destiné aux hommes. Ils peuvent en faire du pain et du bonheur, ils peuvent le retrouver comme un ami perdu ; mais cet or qui plonge dans les flots et que personne ne touchera jamais, à quoi bon ?

Et Henry Jackson détourna ses yeux de son ami Davids.

Il alla vers Élisabeth et la prit par la main.

« Cela n'est point ce que j'avais rêvé. Davids oublie ses belles promesses d'émancipation.

— Il est énervé.

— Et c'est lui qui nous mène.

— Dieu nous protège ! » dit lentement Élisabeth.

Mais, en même temps, elle se rapprochait du jeune homme, comme pour chercher un naturel soutien.

On n'était qu'à mi-route, en plein Océan, et l'angoisse commençait de régner à bord.

Le premier jour, les passagers et l'équipage du *Happiness* s'étaient élancés au-dessus de l'Atlantique avec une crâne sérénité, sœur de l'assurance des jeunes voyageurs à bord de quelque gigantesque steamer.

Le déjeuner et le dîner avaient été annoncés au son de la cloche. Le soir, au-dessus des plus extraordinaires paysages marins, Élisabeth avait fait chanter sa harpe.

Puis on s'était tenu en contact avec les bateaux du large, échangeant avec eux les compliments et les souhaits.

Les premières nuits avaient été paisibles.

Et puis, il y avait eu l'orgueil, ce grand vice des hommes,

qui s'ennoblit aux heures de danger et prend le nom de courage.

Maintenant, sur tous les visages se peignait une sorte de gravité. L'Amérique était à jamais perdue : atteindrait-on l'Europe ?

Les doigts des mécaniciens tremblaient parfois sur l'ivoire des manettes.

Le troisième soir, le cuisinier Bernard, qui était Breton, demanda au révérend Ascott s'il ne pourrait pas leur faire un petit sermon. Les huit personnes réunies sur l'aérostat n'avaient pas les mêmes convictions (même, Davids ne croyait à rien qu'à lui-même). Tous cependant approuvèrent l'idée de Bernard, et Ascott, de sa vie, n'avait eu un auditoire plus recueilli.

Le lendemain, *The Happiness* mit quatre heures à traverser une sorte de brume noirâtre qui empêchait de voir à quatre pas, et qui acheva de terroriser tout le monde.

Davids sut maintenir la hauteur, — trois cents mètres, — et n'eut pas besoin d'user de la sirène. Mais, en dessous d'eux, les bateaux, plus exposés, ne cessaient de pousser de lamentables clameurs qui, dans l'obscurité du jour, donnaient le frisson.

Ils sortirent enfin de ce cauchemar, et l'un des mécaniciens ayant entonné un chant de délivrance, toutes les voix du bord répondirent au refrain.

La fraternité régnait pour quelques heures.

Davids seul n'y participait point. Ses yeux pétillaient dans l'ombre près des machines, sa bouche ricanait. Il se sentait au-dessus de toutes ces mesquines et naïves impressions.

L'oncle semblait avoir pris son parti de toute l'aventure. Ayant foi en son étoile, il ne pensait plus qu'à son retour.

Au milieu du brouillard, il avait répondu honnêtement à son neveu, qui s'efforçait de lui être agréable.

« Oncle Allan, hasarda un matin Henry, dites-nous à quel endroit vous désirez débarquer.

— A Liverpool, mon cher neveu, cela me serait tout à fait agréable. Ainsi, je prendrais tout de suite le bateau.

— Quoi ! vous n'irez point jusqu'à Londres ?

— Non, cela ne me convient pas. Mais faites-moi une promesse...

— Si je puis, je serai très satisfait, car je suis en retard de politesse avec vous.

— Oui. Voici. Je désire que vous y alliez, vous, à Londres, et à la banque, à notre succursale de Regent Street : vous régulariserez votre don à mon profit.

— Mais le papier que je vous ai remis est très régulier.

— Faites, pour mon plaisir.

— Je ferai donc.

— Je vous remercie. »

Ils échangèrent un *shakehand* qui valait le plus solennel serment.

« Je voudrais encore autre chose, dit l'oncle Allan.

— Dites.

— Que vous ne jetiez des dollars sur la terre anglaise que contraints et forcés. Les Anglais sont assez riches.

— Je vous le promets. »

Davids avait assisté de loin à l'entretien, et il avait haussé les épaules.

« Ils ne savent pas haïr longtemps, » prononça-t-il entre ses dents.

IX

LE JOURNAL DU BORD, MIS A JOUR PAR ÉLISABETH

7 juin, dix heures.

Mon cher Henry m'a confié la tâche délicate de tenir le journal du bord. J'aurais dû commencer dès avant-hier. Si je ne l'ai point fait, c'est que j'avais, à tout dire, de plus graves soucis.

Je ne savais pas du tout si nous étions destinés à aborder un jour quelque part, où que ce soit, et j'étais résignée à mon sort.

Mais, depuis ce matin, nous voyons la terre, un petit arc de cercle grisâtre à l'est ; elle nous tend les bras, comme une mère à ses enfants.

Je suis tout à fait rassurée, et l'équipage aussi.

Ascott et mon oncle se félicitent mutuellement de leur audace.

Chacun des passagers, au fond, avait la nostalgie des arbres et de la terre ferme. On se congratule des périls auxquels on a échappé ; mais, les plus belles extravagances devant avoir une fin, tous envisagent cette extrémité avec une certaine satisfaction.

Nous allons un train d'enfer dans le sens du Gulf Stream.

Quatre heures. — Voici des sapins, des maisons, des animaux... et des petits enfants. Il y a donc encore des petits enfants...

Tout le monde, à bord, chantonne d'aise.

A terre aussi, il y a une certaine effervescence, soit que notre dirigeable fût attendu, signalé d'Amérique, soit que sa taille seule en imposât suffisamment.

Hommes, femmes, enfants, tendent les bras vers nous. Nous commençons à deviner. On ne nous admire pas, on nous demande de l'or. De l'extraordinaire raid du prodigieux *Happiness*, ils n'ont retenu que sa qualité de jeter des dollars.

J'entends Davids qui murmure au milieu du sourd crépitement des moteurs :

« Ils n'ont pas changé. »

Henry sourit tristement :

« Tous les mêmes. »

Mais il veut tenir sa promesse, et nous restons sourds aux prières.

Au-dessous de nous, les mains se ferment et les poings nous menacent.

Voici une petite ville. Les places publiques regorgent de curieux. On braque vers nous des lunettes et des appareils photographiques. Nous agitons notre drapeau des États. Cela n'a pas l'air de les réjouir outre mesure ; ils s'attendent à autre chose.

« A bas ! à bas !

— A mort ! »

Les clameurs montent vers nous, formidables, oppressantes.

L'oncle Allan jette lui-même un peu de lest...

9 juin.

Il y a, en Angleterre, beaucoup plus de lignes ferrées que de rivières, et les villes ont l'air de se toucher, de se tenir par la main, au bout de leurs bras de rues.

D'ici, on dirait des toiles d'araignées habitées par des fourmis.

Henry, qui lit par-dessus mon épaule, est tout étonné de voir ce que j'écris. C'est que, en effet, il se passe des choses très graves et dignes d'avoir le pas sur mes observations plus ou moins poétiques.

Hier, vers midi, nous avons débarqué l'oncle Allan. C'est à peine s'il m'a embrassée, s'il a daigné serrer la main d'Henry. Il se sentait sûr de descendre, et reprenait son autorité coutumière. Le pauvre homme! C'est égal, je suis bien contente de le savoir à terre, loin de Davids. S'ils avaient fait ensemble un plus long voyage, certainement, l'un des deux aurait mangé l'autre. Je souhaite à Davids de ne plus jamais se retrouver sur le chemin de l'oncle Allan.

Adieu, oncle Allan! Je vous aurais bien aimé si vous aviez voulu... Adieu!... Faites beaucoup d'argent. Soyez heureux.

Fatigués des cris de la terre, nous jetons de temps en temps des dollars. Nous ne parvenons pas à faire taire les rumeurs.

« Mais enfin, qu'est-ce qu'ils ont? dit Henry.

— Demandez-leur, » réplique Davids en haussant les épaules.

Mais Henry n'osa pas s'informer.

Nous allons vers Londres, très vite, par-dessus les nuages : c'est encore là qu'on est le plus tranquille. Hélas! nous étions si fiers d'avoir touché à nouveau la terre... des yeux !

10 juin.

Ce matin, nous avons voulu atterrir à Leicester pour renouveler certaines provisions. Nous sommes sans farine et sans sucre.

A cent mètres de terre, un homme en uniforme, et que ses concitoyens avaient l'air de respecter fort, nous cria ce laconique et net conseil :

« Allez vous faire pendre ailleurs ! »

A midi, nouvel essai à Bedford. Cette fois, c'est la population tout entière qui nous fait accueil. Une immense huée monte vers nous.

« Voleurs ! voleurs ! »

On nous crie que nous sommes des voleurs.

« Insensés ! leur répond Ascott, vous nous traitez de voleurs parce que nous ne vous donnons pas ce que vous attendiez de nous. Et de quoi vous faisons-nous tort ? Est-ce que nous vous avons promis quelque chose ? »

Mais comment auraient-ils pu entendre la faible voix du révérend ?

« Il y va de notre vie ; vidons quelques sacs, » dit Henry.

Les vociférations s'affaiblirent un moment, — le temps qu'il faut pour ramasser de l'or dans la poussière, — puis reprirent avec une plus terrible intensité :

« Voleurs ! voleurs ! »

Nous n'y comprenons plus rien... Il y a quelque mystère dans cette aventure...

Minuit. Avant d'aller me coucher, dans la charmante cabine d'Henry, où tous les objets sont si riants, car mon aimable cousin m'a cédé sa chambre ; il couche, ainsi qu'Ascott, dans un hamac

« Allez vous faire pendre ailleurs ! »

à l'angle opposé du pont, moins confortable que mon lit sus-
pendu ; avant d'aller me coucher, il faut que je note la conversation
que je viens d'avoir avec Henry.

Après deux nouveaux essais d'atterrissage, Henry m'a prise à
part.

« Ma chère Élisabeth, je suis bien coupable, m'a-t-il dit. Je
vous ai entraînée à jouer votre rôle dans une aventure dont je ne
connais pas la fin. Je viens vous demander pardon. Mais m'excu-
serez-vous, moi qui n'ai pas eu pitié de votre jeunesse ? Je suis
bien coupable, je me repens bien sincèrement. »

Il s'assit, les larmes aux yeux.

« Henry, m'écriai-je, mais je n'ai rien à vous pardonner. Je
n'ai vécu vraiment que les jours que j'ai passés près de vous. Il y
a les années de mon enfance, l'époque où ma tante vivait, et où
vous me preniez sur vos genoux pour me raconter de petites his-
toires drôles, puis, par delà le cauchemar d'Irving, votre retour.
Henry, qu'importent ces gens qui vous insultent ? Ils ne savent
pas. Moi, je vous connais, je vous estime...

— C'est que moi, c'est bien autre chose, reprit-il à voix
basse et en baissant les yeux. Moi, je vous aime. Alors,
vous comprenez, le beau voyage que nous avons entrepris,
je le voyais comme le triomphe de votre beauté et de notre
belle amitié. J'avais imaginé qu'il serait comme un chant continu
de harpe...

— La vie n'est point aussi monotone...

— Moi qui pensais vous avoir délivrée des soucis...

— Ayez confiance. De meilleurs jours luiront.

— Vous me pardonnez ?

— Je suis tout près de vous. Je suis à vous.

— Ma chère petite Élisabeth !... »

Sa voix tremblait, mais dans ses yeux il n'y avait plus de larmes.

11 juin.

Ah! la terrible, ah! la superbe, ah! la douce journée! Et comment la raconter moi-même ce soir avec le calme nécessaire?

Bernard, en nous apportant sur le pont notre déjeuner du matin, nous annonce que les deux mécaniciens sont en grève. Ils veulent qu'on leur paye leur prime, et qu'on les débarque n'importe où : ils se débrouilleront.

David s'est, parait-il, contenté de se moquer d'eux, suivant sa méthode habituelle. Henry, atterré, est immédiatement descendu aux machines.

« Mais vous savez bien que nous ne pouvons pas descendre, leur a-t-il dit. On nous menace de prison.

— Ça nous est égal. Nous en avons assez, de cette vie stupide.

— Mais on vous retiendra avec nous !

— Savoir, dit le plus jeune... On saura se défendre. »

Le ton impatienta mon cousin, qui s'écria :

« Probablement en nous accusant !...

— Ces sacs ne sont-ils pas pleins d'or mal acquis, que vous « rendez », selon votre propre expression ?...

— Je ne la renie pas; mais je suis, jusqu'à nouvel ordre, le maître de cet or, dont vous n'aurez une part que si vous l'avez, à votre tour, gagnée. Allez à votre poste.

— Nous irons si cela nous fait plaisir... »

Penchée sur le petit escalier, j'entendais les voix acerbes des hommes et, les scandant, le ricanement diabolique de Davids.

Le ballon, qui n'était plus maintenu, allait à la dérive, malgré l'aide de Bernard. Nous étions à peine à deux cents mètres du sol.

La terre, sous nos pieds, vociférait, hurlait de plus fort en plus fort...

« Allez à vos postes ! » répéta Henry.

Près de moi, Ascott, les doigts joints, priait sans relâche.

Tout à coup une idée me vint, à laquelle j'obéis immédiate-

Davids avait sorti son revolver.

ment. Je sautai dans l'escalier, et je fus bientôt entre les hommes aux regards méchants et mon cher Henry.

« Vous êtes des lâches ! m'écriai-je. Il est seul, vous êtes deux, et il est votre maître, c'est-à-dire qu'il ne lui est pas permis de se défendre contre vous. Maintenant parlez, nous sommes en nombre égal. »

Le plus jeune recula, mais l'autre haussa les épaules et jeta un mot ordurier.

Je compris l'insulte.

« Je suis la fiancée d'Henry Jackson, criai-je, je serai sa femme dans un instant. Allez à vos postes, et tout sera oublié. »

Henry avait pris ma main, et sa fièvre s'apaisait au contact de ma décision. Ascott, à mon appel, était descendu, sa bible sous le bras.

Davids ne ricanait plus. Il avait sorti un revolver, et, à son tour, il avait dit aux mécaniciens, tandis que ses lèvres tremblaient de rage froide :

« Allez à vos postes, ou je vous descends. »

Et tandis que le ballon s'éloignait de la méchanceté terrestre, tandis que les hommes revenaient à leur devoir, Bernard, pâle de bonheur, et Davids, l'arme au poing, entendaient nos serments et nous assistaient, Henry et moi, pendant qu'Ascott bénissait notre union.

Je suis la femme d'Henry Jackson.

X

NOUVELLES DE TERRE

12 juin.

On dit que les loups, entre eux, ne se mangent pas. Nous venons d'en avoir une aimable preuve. Il y avait ce matin un calme si extraordinaire, que Davids, sur la demande d'Henry, ordonna un repos général. Les moteurs avaient besoin d'être inspectés, et le différend d'hier demandait à être vidé définitivement.

Henry remit aux deux révoltés les chèques promis, et qui les faisaient riches. Ils ne surent comment remercier. Ils se contentèrent de pleurer et de se moucher bruyamment.

Puis, à l'aide d'une longue-vue, on se mit à chercher quelque solitude, où l'on pût déposer les deux mécaniciens.

Tout à fait au-dessous de nous, notre attention fut attirée par une masse blanchâtre qui remuait, et que nous reconnûmes aussitôt pour le globe d'un petit ballon d'excursion.

A ce moment même, il quitta le sol. Il nous avait certainement vus. Il contenait peut-être un envoyé de la police anglaise.

« Qu'importe ! dit Henry, nous allons au moins savoir de quoi nous sommes accusés. »

Le minuscule aérostat montait en ligne droite vers nous. On eût dit, dans l'espace, l'ambassadeur d'une puissance qui s'avançait avec le drapeau blanc au-devant de l'armée ennemie.

Quand la nacelle fut visible, nous agitâmes notre drapeau, par politesse. Il tenait le sien tout prêt sans doute; car, presque au même instant, il le hissa. Que nous eûmes de joie en reconnaissant nos couleurs!

Henry prit son porte-voix et se présenta :

« Henry Jackson, fils de George Jackson. »

Du petit ballon, la réponse arriva, claire :

« Cornelius Heathon.

— Mes compliments, monsieur!

— Joyeux *shake-hand*, jeune homme!

— Comme vous seriez aimable de nous renseigner sur ce qui se passe en ce moment sur terre! Pourquoi nous traite-t-on de voleurs?

— C'est bien simple : grâce à une plainte officielle, vous êtes accusé, cher monsieur, d'avoir enlevé une jeune fille à son tuteur et d'avoir volé une grande partie de la fortune de votre oncle.

— Vengeance de poltron! cria Davids.

— Grossier mensonge, dit Henry. Il est exact que j'ai enlevé ma cousine, aujourd'hui ma femme (permettez que je vous la présente, Mrs Élisabeth Jackson, née Murray); mais la fortune dont j'use est bien à moi.

— J'en étais sûr, monsieur. J'ai connu votre père, c'était un homme honnête, et j'ai vu son frère un jour avec lui : il m'a paru un petit esprit. C'est votre oncle qui a tort. Je l'ai dit au consul.

— Je vous remercie, monsieur. »

Davids avait remis en action un des moteurs, et il maintenait *The Happiness* en face du ballon de M. Heathon.

« Puis-je vous demander un conseil, mon cher compatriote ? dit mon mari.

— Je ne suis venu à vous que pour vous servir.

Au moyen d'une échelle d'aluminium, les deux hommes changèrent de bord.

— Oh ! c'est très bien, monsieur... Nous allions à Londres.

— Dispensez-vous du voyage. Il tournerait peut-être mal.

— Pensez-vous que la police européenne soit à nos trousses ?

— Je ne le crois pas.

— Je dois aller en France.

— Allez-y sans crainte. A Paris, vous trouverez beaucoup de nos compatriotes qui auront du plaisir à vous féliciter. On parle beaucoup de vous dans les journaux français.

— Oh ! vous êtes un tout à fait excellent ami. Je vais vous

demander un autre service. Deux de mes mécaniciens ont terminé leur engagement et désirent descendre à terre. Pourriez-vous les prendre sous votre protection ?

— Comment allez-vous me les passer?

— Vous allez voir. Pumett, John Platt, vous êtes prêts? »

Les deux hommes ne savaient quelle contenance adopter. Leurs petits paquets étaient à leurs pieds et leurs bras ballaient, indécis. Ils auraient voulu, avant de partir, tendre leur main à Henry.

Ce fut Henry qui leur tendit les siennes.

Davids fit le reste. *The Happiness* s'éleva un peu, laissa descendre sa nacelle monte-charge, et, au moyen d'une échelle d'aluminium adroitement lancée, les deux hommes changèrent de bord, remplacés à mesure par leur poids de friandises apportées, à tout hasard, par M. Cornelius Heathon.

« Bon voyage, madame! me cria aimablement notre bon conseiller.

— Que vos souhaits s'accomplissent, monsieur.

— Et à vous, monsieur, grands compliments pour le beau raid! »

Puis le petit ballon quitta l'ombre du grand. Nous le vîmes diminuer, jeter son ancre, et débarquer ses voyageurs. Nous agitâmes notre drapeau, M. Heathon brandit le sien.

C'était fini, nous n'avions plus de mécaniciens. Il fallait aviser.

« Mistress Henry, me dit ce matin Bernard, j'ai toujours beaucoup aimé M. Henry. Je l'aime deux fois plus depuis que vous êtes sa femme. Je l'ai suivi de France en Amérique, d'Amérique en France. Je le suivrai au bout du monde. Est-ce qu'on ne pourrait pas m'apprendre un peu la mécanique? Je ne suis pas plus bête qu'un autre. »

Et j'ai remis Bernard entre les mains d'Henry et de Davids.

XI

ASCOTT QUITTE LE BORD

14 juin.

Nous avons traversé la Manche, de nuit, sans nous en apercevoir. Dès ce matin, à Dieppe, nous nous sommes ravitaillés.
The Happiness est paré pour un mois. Nous allons d'abord vers
Paris, où nous débarquerons l'excellent Ascott. Il s'agite déjà
comme un homme sur le point de perdre la raison.

« Je suis une charge, c'est entendu. Et cependant, que j'aurais
de plaisir à continuer le voyage, le grand voyage, auprès de ce
cher M. Henry Jackson, auprès de vous, mon enfant ! »

Il est à la fois touchant et comique. De son long corps, ses
bras se détachent, pour monter en voletant jusqu'à son front,
jusqu'à ses cheveux, que ses doigts ébouriffent. Depuis dix ans,
c'est le vrai compagnon de ma vie. Est-il vrai qu'il va nous
quitter? La sagesse l'exige. Mais cela m'est très cruel.

Il est difficile d'atterrir à Paris même. Davids choisit comme
escale, dans le parc de Versailles, une de ces jolies prairies du

Petit Trianon qui ressemblent à des tapis soyeux. Nous arrivons. Voici les maisonnettes royales, le petit moulin.

Il faut écourter les adieux. Henry ne veut pas que nous nous émouvions trop. Depuis le départ d'Angleterre, il a repris confiance. Bien entendu, il est aux machines, avec Davids et Bernard.

Ascott voudrait bien être aussi calme, aussi imperturbable que mon mari; mais c'est au-dessus de ses nerfs. Il parle, il s'agite, il conseille. Il jure de passer sa vie à invoquer Dieu en notre honneur. Puis il songe tout haut à la Bibliothèque nationale, aux Archives de France. De quels trésors va s'enrichir sa mémoire!

« Pardon, pardon, s'écrie-t-il tout à coup. J'ai l'air de déjà vous oublier, et cependant, si vous saviez!...

— Oui, nous savons, nous savons, cher Ascott. Allez, un jour, donner de nos nouvelles à l'oncle Allan. Il aura besoin de vous à l'heure des remords. »

Nous approchons du tapis de verdure. Ascott est dans la petite nacelle, il s'appuie au rebord. On dirait qu'il va prêcher. Mais, au contraire, il a tout à fait perdu la parole.

« Attention! » crie Davids.

C'est Bernard qui est à la manœuvre.

Un petit glissement de poulie, et la nacelle se pose doucement sur le sol.

Ascott relève les longs pans de sa redingote, et enjambe le rebord. Vite, il s'éloigne pour nous mieux apercevoir. Des enfants accourus l'entourent. Ils le regardent comme s'il était tombé de la lune. Ils touchent sa redingote noire. Lui ne voit que nous.

La petite nacelle est remontée. Nous nous éloignons aussi lentement qu'il est possible. C'est moi qui agite le drapeau.

Tout à coup Ascott lève ses deux bras, et fait avec ses mains un cornet acoustique. Il nous crie quelque chose que nous n'entendons pas. Il se hausse sur la pointe des pieds et recommence. Les petits enfants, autour de lui, lancent leurs bras en l'air, puis

Ascott fait avec ses mains un cornet acoustique.

font tous des cornets avec leurs mains. Nous n'entendons pas davantage.

Ascott, alors, a recours à la pantomime. Il se gratte le front, et fait semblant d'écrire sur la paume de sa main qu'il appuie ensuite sur sa poitrine.

Enfin nous comprenons, et, dans le cornet, nous lui répondons :

« Oui, oui, nous vous écrirons. Nous vous enverrons des cartes postales. »

Et nous le perdîmes de vue.

Hélas ! ce n'est que ce soir, au-dessus d'Orléans, que je me suis aperçue que le révérend Ascott avait oublié sur sa table son cher cahier de notes et de maximes.

Nous allons le lui expédier à son hôtel du Bon Lafontaine, à l'enseigne des braves gens et des hommes distraits.

————

XII

OÙ L'AMI JABLIN REÇOIT LES JACKSON

15 juin.

Quand mon cher Henry quitta son garage de Waterbury, il n'avait qu'un but, tenir une promesse ancienne : aller en ballon dire à l'ami Jablin l'usage qu'il avait fait de sa fortune. Je ne fus qu'un incident du voyage.

Ce soir, nous serons à Beaugency.

3 heures.

Nous y voici. C'est une jolie vieille cité, avec un gros château solide et une église monumentale, tout près d'un beau fleuve de sable blond et d'eau argentée, la Loire, que je connais bien pour avoir lu passionnément la vie extraordinaire de Jeanne d'Arc.

Nous faisons escale sur la berge.

Nous voici à terre. Nous sommes obligés, Henry et moi, de nous appuyer l'un sur l'autre ; la tête nous tourne. Nous avons le mal de terre. Le contentement d'être arrivés au but, sains et saufs, nous guérit vite.

7

« M. Jules Jablin, s'il vous plaît ?

— Rue Jean-Jacques-Rousseau, au 6. La grande maison aux grilles dorées, prenez par ici, et la première rue à droite.

— Aux grilles dorées ! » répète Henry.

Puis il m'explique.

« Jablin, ma chérie, était, à Saint-Louis, le plus intelligent peut-être de mes camarades. Il avait les idées les plus personnelles sur tout. Il doit être maintenant l'un de ces philanthropes qui guérissent un pays de la pauvreté. Il va être bien étonné de me revoir.

— On le serait à moins. »

Nous sonnons. Un domestique entr'rouvre la porte.

« Monsieur désire ?

— Monsieur Jablin est-il visible ?

— Monsieur est bien occupé : si vous pouviez revenir ?...

— Voulez-vous lui passer mon nom ?

— Oh ! je veux bien. Mais je vous avertis, il n'est pas en train de recevoir.

— Nous attendrons. »

Nous pénétrons dans un jardin fort bien entretenu ; beaucoup de géraniums dans les massifs à droite et à gauche du perron. Au milieu d'une pelouse, un rocher, avec une terre cuite.

Le domestique disparaît, et nous restons cinq bonnes minutes à attendre, debout, son retour. Comme il ne revient pas, nous prenons notre parti, et nous nous asseyons sous un marronnier rose, à quelques pas de la maison.

« Ah ! ce doit être un gros travailleur, murmure Henry. Il a dû condamner sa porte, et son valet n'ose plus revenir vers nous. Que je suis content d'être chez lui ! Quand il verra mon nom, il sautera de stupeur et de joie. »

Beaugency est une jolie vieille cité, avec un gros château solide et une église monumentale.

A cet instant, nous entendons des portes frapper et Jablin paraît, petit homme ventru, décoré d'un large ruban violet. Il est chauve, mais porte une abondante barbe jaune.

« Mon vieux Jablin! » s'écrie Henry.

Mais le « vieux Jablin » est sans doute myope et sourd. Il se retourne vers son domestique :

« Tu es venu en ballon, en voilà une idée! »

« Je t'avais dit que je n'y étais pour personne. Voyons, un jour comme aujourd'hui! »

Cependant il consent à descendre de son perron.

« Où sont-ils ? »

Il nous aperçoit enfin.

« Bonjour, madame; bonjour, monsieur.

— Monsieur! monsieur! tu es fou, tu es fou! Tu ne me reconnais pas? Henry Jackson, de Saint-Louis, qui devait revenir te voir d'Amérique en ballon.

— Ah! oui, oui! Oui, oui! Tu tombes mal! Tu tombes mal!

Si tu savais, je suis dans une émotion. Nous sommes en pleine élection. Six tours. Il y a déjà eu six tours de scrutin.

— A quelle académie? s'écrie Henry déjà flatté.

— J'ai été blackboulé l'an dernier, continue Jablin; mais cette fois, je le tiens, je sens que je le tiens. Tu permets? »

Le voici courant derrière son domestique :

« Mais qu'est-ce que tu fais là, toi? File donc, va aux nouvelles! »

A nouveau, il est près de nous.

« En ballon, dis-tu? Tu es venu en ballon. En voilà une idée!

— J'ai tenu ma promesse. Et toi, as-tu tenu la tienne ?

— La mienne?

— Ne devais-tu pas, à ta majorité, donner ta fortune aux pauvres?

— Aux pauvres? tu es insensé. Eh bien, merci, tu en as de drôles! Tout augmente, mon cher. La vie, à Beaugency, est hors de prix. Si je te disais que nous payons les épinards dix sous la livre... Tu entends, dix sous. Aussi, je n'en mange jamais. J'ai un sale estomac, et puis la goutte me guette. C'est bête, de vieillir.

— Tu es marié?

— Ma foi non.

— Qu'est-ce que tu fais?

— Rien, c'est plus simple, et ça me prend tout mon temps.

— Et cette élection ?

— Ah! ça, c'est autre chose. C'est pour embêter Culard.

— Qui ça, Culard? »

La porte s'ouvre. Le domestique arrive essoufflé.

« Monsieur est nommé! Monsieur est nommé! »

Il a mal fermé la porte : vingt personnes s'y bousculent pour entrer. Il y a surtout de grands jeunes gens en culotte courte et en veste blanche à grandes raies bleues. L'un brandit un bouquet de pivoines. Fou de joie, Jablin embrasse le bouquet.

« Je le disais bien que j'enfoncerais Culard.

— Mais qui ça, Culard?

— Culard! Il demande qui est Culard! On voit bien que tu arrives d'Amérique. Culard, mon cher Peau-Rouge, est le patron du café de l'Espérance. Il y a dix ans qu'il est président de la société de gymnastique *La Sournoise* de Beaugency. Maintenant, c'est mon tour. Allons, mes amis, par le flanc droit, droite. Venez boire un verre de bière. Tu sais, Jackson, si le cœur t'en dit?... Madame!... »

Et le gros homme épanoui fit un geste dans la direction de son perron.

« Non, merci, dit Henry, nous sommes un peu pressés; on nous attend à Java. »

.   .   .   .

XIII

La vie est fantasque. Elle donne rarement ce qu'on attend d'elle. Parfois, au contraire, elle se prête à toutes les fantaisies de l'homme, avec l'arrière espoir de se moquer de lui, finalement.

Henry Jackson, désœuvré, avait pris pour but de son existence d'aller saluer son camarade Jablin en ballon, et de lui dire l'emploi qu'il aurait fait de sa ridicule fortune.

Et il venait d'atteindre ce but, — dont toute la mesquinerie maintenant lui apparaissait.

« Ce pauvre Jablin ! murmura-t-il en haussant les épaules. Il a dû bifurquer très vite. Il fera un très bon président de la *Sournoise*.

— Bah ! dit Élisabeth, que l'aventure intéressait médiocrement, s'il est heureux !

— Il n'est peut-être pas malheureux, et c'est déjà quelque chose. »

Et ils s'embarquèrent en silence, et ce n'est qu'à l'appel de Davids qu'Henry Jackson s'aperçut *qu'il n'avait plus de but.*

« Maître, où allons-nous ?

— Tiens, c'est vrai ! nous étions arrivés. Où nous allons ?
Mais où tu voudras, mon vieux Davids, où tu voudras : ça n'a
aucune importance. »

Aucune parole ne pouvait plaire davantage à Davids, dont le
visage s'illumina. Sans doute, Davids attendait-il cette parole, la
prévoyait-il. Il ne dit rien quand elle arriva, mais le sourire de
Davids, qui n'était point prodigue de manifestations personnelles,
exprimait clairement sa pensée.

Élisabeth et Henry se retirèrent dans le salon des livres, et
tout de suite Henry s'agenouilla aux pieds de sa jeune compagne :

« Je viens, je crois, dit-il, de prononcer une parole insensée.
Il faut tout de suite que je vous en demande pardon, ou plutôt
que je cherche à l'expliquer. J'ai lancé ce mot comme si j'étais
seul et comme si, une fois mon pauvre but atteint, rien ne
m'importait plus. Qu'il est loin de ma pensée d'avoir une pareille
opinion ! C'est exactement le contraire de la vérité. Demain
m'importe si bien que c'est entre vos mains que je remets notre
sort. La Providence m'a généreusement puni. Je ne méritais pas,
après un si mesquin départ, de vous prendre en cours de route,
comme on subit un incident imprévu. A ma sottise, ma destinée
a voulu adjoindre une plus digne, une plus grave, une belle
raison de vivre, et elle m'a poussé vers vous, ma chère Élisabeth, et il en est ainsi, sans doute, pour beaucoup d'hommes
en notre temps. Ils partent à l'aventure, par le premier chemin
venu, parce qu'il faut bien faire quelque chose, et puis parce que
tout le monde, à peu près, agit ainsi ; ils prennent une compagne,
et quand ils se réveillent, le lendemain des noces, ils s'aper-
çoivent que la vie est une chose sérieuse, que c'est un assez long

voyage et qu'il est peut-être convenable d'envisager l'avenir sous un angle nouveau... Élisabeth, ne me jugez pas d'après ces premiers jours que vous m'avez vu vivre auprès de vous...

— Parlez, parlez, dit Élisabeth.

— Machinalement, j'ai continué ma course vers Jablin ; je voulais gagner mon pari. C'était un enfantillage.

— Il n'a pas été inutile, mon cher Henry, puisqu'il vous amène à me parler ainsi.

— Peut-être ; Jablin a joué son rôle. D'abord je n'ai vu que sa propre bêtise. Puis, tout à coup, la mienne a éclaté à mes yeux. Je suis un grotesque !

— Non.

— Si, ma Lisbeth. Je suis un grotesque, parce que je ne me suis appliqué qu'à faire des gestes dans l'espace, comme un bonhomme en baudruche ; cela n'est pas digne d'un homme. Je ressemble, dans mon ballon, à ces stupides amis de mon club à San Francisco qui ne savaient que s'habiller, boire et jouer. Basse comédie ! Pantalonade ! Mais c'est fini ! Ce Jablin m'a ouvert les yeux... Si vous voulez, Élisabeth, ma femme, nous allons nous occuper à vivre utilement.

— Je le veux, Henry.

— Dieu merci, il n'y a pas encore de temps perdu.

— Il y a seulement l'argent ! dit Élisabeth d'une voix grave, en imitant l'oncle.

— Pauvre homme !

— C'est une autre sorte de Jablin. La spéculation, c'est sa *Sournoise* à lui.

— Il est moins mesquin... Mais il est plus dangereux. »

Ils rêvèrent un moment, puis, souriant ensemble, ils se regardèrent.

Le *Happiness* descendait le cours blond et bleu de la Loire.

« Nous voici bien sévères pour nos amis et pour nos proches, dit Henry; est-ce que j'ai en moi de quoi vivre mieux? J'ai l'orgueil de le croire, depuis que je vous ai conquise et que vous vivez à mes côtés. L'amour reste, en fin de compte, le maître du monde, puisque c'est lui qui pousse à accomplir les plus belles, les plus grandes choses.

— L'amour partagé, » dit à mi-voix Élisabeth.

A ce moment la voix de Davids les rappela à la réalité. Henry descendit avec la souplesse et la légèreté que donne aux muscles des hommes le sentiment de l'énergie et de la droiture d'esprit. Élisabeth l'entendit qui fredonnait au-dessous d'elle... Un sourire de bonheur erra sur ses lèvres, tandis qu'elle se penchait sur le merveilleux pays qui s'étalait autour du bastingage.

Par une fantaisie du vent ou selon la volonté de Davids, *The Happiness* descendait le cours blond et bleu de la Loire. D'un côté, c'était comme un long serpent sombre, aux anneaux remuants, la forêt de Marchenoir, qui paraissait avancer le long du fleuve et suivre le vol du ballon. De l'autre, parmi les pins figés, la Sologne ouvrait les cent yeux bleus de ses marais.

De loin en loin, des châteaux dressaient vers le ciel la pointe ridicule et charmante de leurs inutiles poivrières. Les mâchicoulis ressemblaient à des petits murs en pierre sèche, et les fossés habités par les ronces ou les fleurs ajoutaient encore à ces extraordinaires anachronismes que sont aux yeux d'aujourd'hui les somptueuses demeures des Français du moyen âge ou de la Renaissance. De la nacelle d'un ballon, l'histoire se lit en un terrible raccourci.

« Pourquoi ces luttes fratricides? — écrivit sur le cahier de bord Élisabeth Jackson, — pourquoi ces luttes fratricides, lorsqu'on a le bonheur de vivre dans un aussi charmant pays? Cultivez vos champs, paissez vos troupeaux, élevez droitement vos enfants, ô fils de la terre. Respirez à pleins poumons. Aimez-vous les uns les autres. Et souvenez-vous à la tombée du jour de Celui à qui vous devez cet air, ces bois, ces champs, ces bêtes et ce fleuve. Après le beau labeur, les yeux doivent se lever du sillon tracé droit, vers le ciel, dont la contemplation repose. *Labor et spes :* c'est la simple et fière devise des hommes fidèles au sol qui les vit naître... »

Puis, ce fut tout à coup, énorme tas de pierres noires que le soleil dorait, une ville : Blois, Blois et ses marches du fleuve au château, Blois et son pont vers les faubourgs ; puis, l'instant d'après, — à peine le temps de luncher, — une autre cité, moins escarpée, plus large, avec son pont, aussi, à vingt arches robustes, et la masse imposante de sa cathédrale : Tours, vers qui, de dix côtés, sifflaient, roulaient dix convois empanachés ; Tours, entre ses deux rivières ; Tours, capitale du jardin de la France...

Et la jeune femme, qui savait ses Lettres, songea que c'était le pays de Rabelais, le père de Gargantua, ce monstre mi–bête, mi-homme, le géant des ilotes ; de Richelieu, le grand ministre ; de Descartes, le maître de la méthode et de la raison ; de Vigny, le trop impassible poète ; de Balzac, qui créa tant d'êtres ingénieux et pervers, à l'image des hommes d'hier et d'aujourd'hui ; de grands évêques, d'un pape, de plusieurs généraux et de bons imprimeurs.

« Le jardin de la France ! écrivit Élisabeth. Fleurs de la terre et fleurs de l'esprit. Délicieuse contrée à l'abri des grands froids hargneux et des chaleurs desséchantes, vous êtes le doux nid du bon sens et de l'esprit clair. Le vin du pays pétille naturellement et les hommes y parlent une langue châtiée et chantante... On aimerait à s'arrêter pour toujours dans un de vos vallons et à y mener obscurément la vie émouvante et uniforme d'un paysan sans malice. »

Henry Jackson, qui était retourné aux machines, entra à cet instant et dit :

« Voici ce qui vient d'être convenu entre Davids, Bernard et moi. C'est un essai ; nous ne sommes pas forcés de nous y tenir, et nous pourrons, chemin faisant, y apporter toutes les améliorations qu'il nous plaira, qu'il vous plaira... Puisque nous en sommes réduits à nos simples forces, il convient de les ménager, et puisque, provisoirement, nous n'allons nulle part, nous laisserons au vent le soin de nous diriger. Davids se contentera de surveiller la hauteur de notre vol. En montant et descendant, tour à tour, nous pourrons nous maintenir au-dessus des terres jusqu'à ce qu'il nous plaise de traverser quelque mer...

— C'est très bien ainsi, dit Élisabeth.

— Vous écriviez ?

— Oui. Je rêvais que nous nous arrêtions, tenez, ici, dans cette petite maison, sous ces arbres, au bord de l'eau vive. Le jardin a une tonnelle : j'y poserais ma harpe et vous liriez tout haut de beaux vers...

— De beaux vers, en voulez-vous ?

> Voici des fruits, des fleurs, des feuilles et des branches
> Et puis voici mon cœur, qui ne bat que pour vous.
> Ne le déchirez pas avec vos deux mains blanches,
> Et qu'à vos yeux si beaux l'humble présent soit doux.
>
> J'arrive tout couvert encore de rosée
> Que le vent du matin vient glacer à mon front ;
> Souffrez que ma fatigue, à vos pieds reposée,
> Rêve des chers instants qui la délasseront...

« Mais il n'est pas encore temps de s'arrêter. Pour choisir, il

faut connaître. Continuons, voulez-vous ? notre revue du monde.
Puisqu'il nous est permis de regarder, penchons-nous encore par-
dessus les épaules des maisons, au pays des hommes, nos frères,
comme eût dit le révérend Ascott.

— Comme il doit songer à nous !

— A moins qu'il ne soit le nez dans un vieux livre. »

Et les deux jeunes gens rirent à la vision de leur ami oublieux...

.*.

Leur voyage en zigzag au-dessus de la France les intéressa
beaucoup. C'est que la France est le pays du monde le plus varié.
Tout à côté de gras pâturages d'où montent la cloche chantante
des vaches et la voix grave de leur petit gardien aux yeux tranquilles, un beau torrent use avec fracas une vallée rocheuse toute
tapissée de bruyères roses ; et voici les méandres d'un calme ruis-
seau à travers des prés d'émeraude. Voici des coteaux plantés de
vignes, et de vastes champs où remuent, à la façon des vagues, de
beaux champs de seigle. Voici les tristes monts d'Auvergne, et tout
à côté des villes remuantes. Et tout à coup c'est la grasse vallée
de la Garonne, et c'est Bordeaux, aux grands mâts pavoisés,
Bordeaux que le monde visite. Voici les plates Landes et leurs pins
tranquilles, et voici le gigantesque rideau des Pyrénées, où les
nuages s'accrochent. Après les chênes et les châtaigniers, c'est,
avec le soleil plus chaud, l'olivier tour à tour luisant ou poussié-
reux. On va, en France, du houblon au palmier, des champs de
betteraves aux champs de roses. Les fleuves s'en vont qui au
nord, qui au sud, qui vers le couchant ; il en est qui se préci-
pitent et d'autres qui musardent. Il y a des cités pittoresques et
vieillottes ; il y a de jeunes villes industrieuses. Il y a Paris !

Mais surtout, gloire quasi unique, on y rencontre tant de belles cathédrales que c'est à croire que ce pays est celui qui doit le plus à Dieu. Il y en a de toutes les tailles, des rondes, des

Tant de belles cathédrales, qu'il est à croire
que c'est le pays qui doit le plus à Dieu.

longues, ou en forme de croix, des robustes et des gracieuses, mais toutes expriment, gravement, la reconnaissance des hommes.

Au pays où fleurirent toutes ces saintes et merveilleuses maisons, la foi ne saurait mourir.

Du bastingage d'un ballon, on voit les forêts et les villes et même les arbres et les maisons : on distingue mal les hommes. On les devine seulement aux trains qui sifflent, aux fumées d'usines, aux troupeaux et aux routes animées.

Les passagers du *Happiness* eurent, un jour, l'envie de voir de près ces hommes de France, qui leur semblaient si privilégiés. C'était tout au bord de la Méditerranée, dans une sorte d'oasis fleurie.

« N'est-ce point le Paradis ? » dit Élisabeth.

Afin que le ballon ne leur fît point une trop gênante publicité, afin de mieux paraître des voyageurs inconnus, ils débarquèrent derrière un petit bois, sur une route ensoleillée et déserte, à une demi-heure de la ville.

Ils furent tout étonnés de se sentir si lourds sur la terre immobile. Déjà, ils étaient habitués à planer sans effort ; en ballon on n'a, pour ainsi dire, plus de poids : on est entre deux forces contraires qui se neutralisent. On marche dans l'air comme les oiseaux volent, légers, hardis, libérés.

Et cependant leur joie fut grande de fouler le sol, d'aller d'un côté à l'autre du chemin, de choisir l'ombre, puis le soleil, de se baisser pour cueillir des violettes. Ils entrèrent sous bois, prirent des sentiers ; au hasard, tentèrent de se perdre. Ils se tenaient par la main comme de petits enfants rieurs. Parfois, ils dévalaient une pente en courant, ou bien ils s'aidaient à gravir un monticule, vers un buisson d'églantines.

Il fallut enfin gagner la ville.

C'était une ville sans faubourgs. Des murs entouraient de jolis hôtels au milieu de leurs jardins. Tout était clos. On eût dit, tant les murailles étaient hautes et les grilles solides, des pays voisins et fortifiés les uns par la peur des autres. Sur la place, ornée de merveilleux palmiers, il n'y avait que des restaurants. Ils entrèrent dans le premier qui se présenta devant eux.

Déjà les tables étaient garnies et les tziganes s'évertuaient. Ce fut, pour les jeunes voyageurs, comme un choc douloureux. Autour d'eux, des hommes avaient des airs fatigués et dédaigneux ;

les femmes, des yeux pervers, éhontés. La musique elle-même avait des accents polissons. Les serveurs étaient obséquieux et méprisants. Les fleurs des tables étaient étranges et contorsionnées, et les verres eux-mêmes, les carafes, les couteaux avaient des formes orgueilleuses et sottes.

Parmi les langues qu'on parlait autour d'eux, la langue anglaise dominait, et cependant nos jeunes voyageurs se sentirent plus qu'en pays étranger, en pays ennemi. La table frugale de *The*

Ces visages expriment le désir violent, la joie malsaine, la haine farouche.

Happiness les avait déshabitués du luxe et des inutiles fioritures. Ils se portaient du reste admirablement. Henry avait le teint hâlé par le soleil et le vent du large, et Élisabeth avait perdu cette pâleur que lui procuraient la solitude et l'ombre prisonnière. Aussi les regardait-on beaucoup.

« Quels sont ces sauvages? dit à mi-voix une grosse dinde truffée de diamants et qui parlait français.

— Quelque numéro de music-hall, » répondit plus discrètement un vieux monsieur, au monocle cerclé d'écaille, et dont

les yeux s'avivaient au spectacle d'un faisan présenté par le maître
d'hôtel.

Oui, ils étaient bien en pays ennemi. Ils étaient la risée de
leurs hôtes, qui, à eux-mêmes, paraissaient, en retour, des êtres
dégénérés, gloutons et stupides.

Ils avaient hâte de sortir de cette salle ; mais, dans le théâtre
où ils allèrent échouer, leur bon goût fut mis à une pire épreuve.
Dans le drame par quoi commençait le spectacle, les instincts les
plus bestiaux étaient loués et triomphaient des vertus surannées :
le courage, la franchise, la noblesse et cette abnégation qui,
fauchée sans relâche, ne sera bientôt plus qu'une fleur d'herbier.
Puis ce fut une sorte de ballet-bacchanale, rempli d'images
déplaisantes ou licencieuses. D'un bout à l'autre du programme,
le cynisme régnait en maître, et dans la salle houlait un rire malhonnête.

Ils ne purent attendre le baisser du rideau, et ils s'enfuirent
comme on abandonne une maison en feu, avec de la peur mêlée
de joie anxieuse. Comme l'heure du rendez-vous avec Davids
n'était point encore arrivée, ils furent contraints de pénétrer dans
un autre établissement : c'était une maison de jeu. Leur destinée
voulait qu'ils bussent jusqu'à la lie le mauvais breuvage.

Autour des tables, des mains se tendaient, des visages se
penchaient. Il n'y avait vraiment que des mains et des visages.
Et ces visages exprimaient le désir violent, la joie malsaine, la
haine farouche ; et les mains étaient les servantes de ces visages,
prêtes à voler ou à tuer, pour cet or qui roulait, luisait, sonnait,
diaboliquement.

« Ce sont des hommes, ce sont des hommes ! murmuraient
tour à tour Henry et Élisabeth ; dire que ce sont des hommes ! »

Ils marchaient, sous le grand ciel clair, vers le carrefour où

Davids allait venir. Ils se serraient l'un contre l'autre, avec des frémissements d'angoisse.

« Hélas ! dit Henry Jackson, c'est l'aboutissement des idées d'aujourd'hui. L'or mal acquis, c'est la peste de l'âme.

— Rentrons vite, pour dormir, pour oublier.

— Pour rêver... »

XIV

Puisque la fleur du temps présent leur était apparue si singulièrement hostile, ils résolurent de s'évader d'aujourd'hui et d'aller un instant respirer la libre brise qui souffle sur les terres antiques, dans l'abandon des hommes.

Ils choisirent la Grèce.

La blanche déesse Athènes, au front couronné de temples, ne les attira pas. Ils la savaient habillée de neuf, rieuse et jolie, modernisée... Ils voulaient aller tout droit aux rives de « jadis ». Leur bon génie les fit descendre à mi-chemin du coteau sacré qui porta la gloire de Delphes.

Vallée grandiose et terrifiante. Née du vert tendre des seigles et du gris soyeux des oliviers, elle s'élève tout à coup, sombre et mâle, vers les cieux : un cirque de montagnes, assemblée de géants attentifs, la couronne. Le ciel est noir. Soudain, un lambeau de bleu s'élargit, éclate, illumine les neiges et les rochers, les cimes des arbres et l'âme des voyageurs.

Et bientôt c'est la voie sacrée qu'il convient de gravir avec recueillement. Voici les trésors des villes, les richesses des hommes, monument de bel orgueil, puis les temples, hommages harmonieux d'un peuple d'artistes à la beauté des dieux.

Les bergers se sont enfuis à l'approche du ballon.

A travers le chaos des marbres, — car ici tout n'est que ruine informe, — la tristesse saisit le cœur.

Et voici le théâtre pour qui le silence est un deuil éternel. Élisabeth cueille une haute tige d'asphodèle et gravit les degrés, puis s'arrête et se tourne vers le magique décor que domine le mont Parnasse. Henry, tout près de la jeune femme, murmure le mot de la Pythie à Solon :

« Honore de prières les chefs du pays, les grands morts qui habitent sous terre ! »

Élisabeth regarda trembler dans sa main la fleur des tombes.

Ils sont bien seuls. Les bergers, tout à l'heure, se sont enfuis à l'approche du ballon, et les moutons noirs qui paissent sur la colline voisine ne lèvent pas la tête.

Alors, comme inspirée, le visage pâli, la jeune Américaine, qui sent battre en elle une sorte d'atavisme antique, tend ses deux bras en avant et commence de chanter des fragments de l'*Orphée* de Glück, qu'elle sait par cœur.

Et les ruines tout à coup s'animent. Les gradins s'emplissent d'une foule recueillie ; sur la scène, des silhouettes de héros se précisent ; le chœur se promène en psalmodiant des conseils de prudence.

Là-bas cette montagne est violette, celle-ci quasi rousse, et cette autre, qui les domine, est couronnée d'argent. Sous les petits oliviers, tous de même taille, en gamme du gris au vert sombre, n'est-ce pas une théorie de blancs péplums qui s'avancent, côtoyant un précipice, le souci ailleurs, un refrain aux lèvres, qui sait, peut-être l'iépéan, le chant divin des Crétois, suivant, étonnés et conquis, la Lyre que caresse délicieusement le fier Apollon ?

Toute l'histoire de l'Hellade est ici, devant eux, depuis la divine fondation du sanctuaire de Delphes jusqu'à ce théâtre où Sophocle chante les grands drames humains en l'honneur des fidèles pèlerins.

Et tout cela fut, et tout cela est à jamais aboli. On aura beau compter les colonnes des temples, relever les statues mutilées et leur donner des noms nouveaux, on aura beau discourir, on aura beau pleurer, la Grèce est morte et ses dieux ne sortiront plus de leur poussière. Les dieux aussi, sortis de l'imagination des hommes, étaient mortels.

Élisabeth termina les lamentations d'Orphée par une sorte de cri du cœur. C'était encore du Glück, mais c'était aussi toute la douleur, toute la colère des dieux vaincus...

Le ciel, depuis un moment, s'était couvert à nouveau. De larges gouttes s'écrasèrent sur les gradins du théâtre et un brusque orage éclata.

Henry souffla, de toutes ses forces, dans sa sirène d'appel pour avertir Davids... La sirène, on avait donné ce nom prestigieux à ce petit instrument dont le cri n'était que du vent sur une roulette. Quelle impertinence et quel irrespect ! Tout rabaisser, tout salir, tel est le moderne mot d'ordre.

Davids n'arrivait point.

Ils durent courir dans le vent et la pluie, descendre à travers les blocs confus qui furent jadis une suite de temples merveilleux jusqu'à la route que suivent les pauvres muletiers d'aujourd'hui.

A un coude abrité par un roc surplombant, ils s'arrêtèrent. Derrière un grillage, un maigre filet d'eau suinte entre les pierres disjointes et se perd sous un lit de feuilles mortes. C'est la fontaine de Castalie, aux eaux purificatrices !

Mais la rafale, jusque dans ce refuge, les atteignit. La désillusion, de ses longs doigts glacés, les caressa. Et l'âpre désespoir habita leur âme.

Le passé ne ressuscitera point.

Et ils n'eurent plus que la force de se souvenir du beau sonnet du fils d'Homère et de Chénier :

Le temple est en ruine au haut du promontoire,
Et la mort a mêlé, dans le fauve terrain,
Les déesses de marbre et les héros d'airain
Dont l'herbe solitaire ensevelit la gloire.

Seul, parfois, un bouvier, menant ses buffles boire,
De sa conque où soupire un antique refrain
Emplissant le ciel calme et l'horizon marin,
Sur l'azur infini dresse sa forme noire.

La terre maternelle et douce aux anciens dieux
Fait à chaque printemps, vainement éloquente,
Au chapiteau brisé verdir une autre acanthe;

Mais l'Homme, indifférent au rêve des aïeux,
Écoute sans frémir, du fond des nuits sereines,
La Mer qui se lamente en pleurant les Sirènes.

Certes, ils n'étaient pas indifférents ; mais, malgré tous leurs
efforts, ils sentaient l'oubli, le froid, l'asphyxiant oubli, pénétrer
leur cœur, et, dès les premiers rayons du soleil, ils sortirent de
leur cachette et s'enfuirent comme des étrangers qui sortent d'un
cimetière où ils n'ont pas trouvé, malgré leurs ferventes prières et
leurs pieuses recherches, les tombes qu'ils cherchaient...

XV

L'ART DE TUER LE BONHEUR

Ils fuyaient Aujourd'hui, Hier ne voulut point d'eux... Qui leur dira ce que Demain sera et s'il leur réserve quelque contentement, s'il satisfera leurs désirs, leurs besoins, s'il calmera la soif de leurs gosiers?

La vie en ballon, à la fois active et solitaire, pousse à la spéculation, aux entreprises de l'esprit, et à supputer l'avenir et ses fins. On n'est point embarrassé par ces mille petits détails de l'existence quotidienne qui morcellent la vie jusqu'à lui enlever sa forme même et sa raison d'être.

« Ami, qu'importe demain, nous avons aujourd'hui ! dit Élisabeth, revenue à sa harpe et à sa charmante sérénité.

— J'ai besoin de savoir, répondit son jeune mari ; qui me rassurera ?

— Patientons, cherchons ; n'est-ce pas en soi-même que chacun trouve la solution des grands problèmes? Il suffit de croire... et tout se trouve simplifié, expliqué... »

Mais Henry Jackson n'écoutait pas, il regardait par-dessus

la balustrade de la nacelle, jetant d'un geste nerveux et machinal quelques dollars sur le toit en pente de pauvres villages indiens.

Les indigènes regardaient cet or qui tombait du ciel et n'osaient pas le ramasser. Qu'en auraient-ils fait? Ce qui leur manquait, c'était du riz! Ils mouraient de faim, mangeant depuis des mois, pour se tromper eux-mêmes, de la paille et de la terre chauffée. Et, dans toute cette région de misère, les enfants seuls, de pauvres êtres aux membres grêles, aux ventres ronds et durs, se baissèrent pour saisir ces petits jouets couleur de soleil et qui roulaient du toit des huttes dans la poussière. Et ils s'amusèrent à se les lancer à la figure, tristement.

« Quel enfer! murmura Élisabeth. Il y a donc des hommes qui ont faim, des petits enfants qui meurent avant d'avoir souri?

— Vous voyez bien qu'il faut se préoccuper de demain! » dit gravement Henry Jackson.

Puis, après un moment de silence, il ajouta :

« Il n'y a que deux peuples dignes de commander à l'avenir : notre vaste et riche Amérique ou le vigoureux petit Japon, l'*oncle Sam* ou *little Jap!* Mais voici que je perds confiance en mon pays. L'or, trop désiré, tuera les énergies ; l'orgueil achèvera la déroute.

— Allons au Japon, peut-être le salut viendra-t-il de là.

— Allons vers le Japon, dernier espoir des hommes qui regardent en avant. »

Mais ils durent préalablement traverser la Chine, pays de la science et de la cruauté. Ils aperçurent des théories de savants à lunettes et des champs de supplices. Ils passèrent au-dessus des tours de silence, où les oiseaux et les bêtes immondes disputent aux vers les cadavres en pourriture. Ils virent des enfants abandonnés, des chiens errants, des esclaves tirant des chariots et les plus

On les entraîna dans le jardin.

jolies tours de porcelaine que l'ingéniosité humaine ait produites...
Ils ne voulurent pas poser le pied sur cette terre, à qui, sans
doute, il manquera toujours de savoir aimer, science suprême et
suffisante.

Aux environs de Yokohama, près d'un petit lac où l'image
du ballon se dessina délicieusement, dans une couronne rose de
pêchers en fleurs, nos jeunes voyageurs furent reçus avec des
transports de joie. On les mit de force dans une kourama toute
spontanément pavoisée et qui fila, rapide, vers la ville. Les
Japonais savent honorer leurs hôtes, surtout lorsqu'ils se pré-
sentent avec les qualités d'intrépidité qu'ils cultivent chez eux et
qu'ils aiment chez les autres.

Ce fut bientôt toute une cavalcade de voiturettes escortant les
étrangers. Les conducteurs poussaient de petits cris de joie et tout
le monde souriait. Au Japon, on sourit à propos de tout; mais dès
que l'événement en vaut la peine, le rire se fait sonore; il chante,
il demande qu'on l'imite, il quête la joie autour de lui.

« Aucun autre peuple civilisé, a dit un Irlandais japonisant,
aucun autre peuple civilisé n'a découvert le secret d'une vie aussi
parfaitement heureuse; aucune race n'a mieux compris que notre
bonheur dans la vie dépend du bonheur de ceux qui nous entourent,
et partant de la culture intime du désintéressement et de la
patience. »

M. et Mme Jackson en firent la rapide expérience en cette heureuse journée.

Le cortège faisait d'aimables détours et tout à coup s'arrêtait
pour leur montrer un temple, un petit lac et son pont, un rocher,

une jolie passante, un nuage d'une forme imprévue, la perspective
d'une rue. Le Japonais ne perd jamais une occasion de se réjouir,
d'orner sa tête de beaux souvenirs.

Un brusque retour et voilà nos voyageurs dans un minuscule
jardin où les lotus baignent dans l'eau, tandis que des glycines
font le tour de la toiture en petites grappes mauves.

« Oh! pardonnez-moi, je mérite la mort vraiment, — dit
vivement le jeune Japonais qui avait rencontré les Jackson, —
vous devez avoir faim... »

Ah! la jolie petite maison en papier dans quoi on les poussa!
Les nattes brillaient de propreté. On les fit asseoir et des petites
tables laquées sortirent des murs comme dans les contes de fées,
des petites tables toutes chargées d'assiettes et de bols, soupe de
fèves, poisson rôti, poisson bouilli, macaroni, pousses de bambou,
racines de lotus. Deux jeunes servantes, agenouillées, s'apprêtèrent
à remplir les bols de riz, car le riz accompagne tous les mets,
c'est le pain de l'Extrême-Orient ; et à verser dans de minuscules
tasses le thé, boisson nationale, et qui se boit sans lait ni sucre.

De belles « guêchas », qu'on était allé quérir en hâte, se mirent
à causer, à chanter, à danser, à composer de petits poèmes en
l'honneur de ces jeunes étrangers descendus du ciel pour venir
admirer le Japon, ce paradis terrestre. Et ce fut, très vite, l'éloge
du pays. Elles vantèrent la pureté des neiges du Fouji Yama, les
mystérieuses forêts sacrées de Nikko, la tendre et bleue limpidité
et le charme de toutes les fleurs du Japon.

A cet instant, un enfant entra et cria :

« Venez, venez, les iris vont s'ouvrir, les iris vont s'ouvrir. »

C'est une fête au Japon.

Élisabeth fut la première debout. On les entraîna dans le jardin
et là, en effet, on fit cercle autour d'une grosse touffe d'iris. Sous

la première ardeur du soleil, chaque fleur poussait sa gaine de
soie et déployait triomphalement sa belle robe mauve aux dessins
bruns, rouges et verts. Les guêchas souriaient. Les petits enfants
battaient des mains. Les hommes courbaient le front, saluaient
comme s'ils avaient assisté à quelque cérémonie sacrée.

C'était la fête des Petites Filles.

Élisabeth fut ravie de cet épisode.

Puis la course reprit.

Une visite aux temples s'imposait. Au Japon, il y a plusieurs
religions sœurs, et qui s'entendent à merveille, culte de l'esprit
des morts, abolition de la souffrance par le nirvâna, philosophie
morale. Comme ils s'efforcent d'être satisfaits de la vie, les
Japonais ne comprennent ni le désir de la vie future, ni l'enfer
et ses peines éternelles. Par l'amour qu'ils ont des fleurs, ces
artistes ne s'accordent qu'une existence élégante et rapide. Et il

est assez extraordinaire de constater que ce sont eux justement qui tiennent si peu à la vie et que ce sont, au contraire, les Occidentaux qui s'y cramponnent avec acharnement et délices.

Sous de grands érables centenaires s'élevait, bruni, rougi par l'âge, un vieux temple qui paraissait abandonné. Des daims broutaient l'herbe. Mais à peine la troupe des visiteurs avait-elle achevé ses salutations, que, sur l'estrade réservée à la danse, s'avança une petite danseuse barbouillée de blanc, les cheveux fleuris d'un camélia rouge, puis une autre couronnée de glycines, puis une troisième, et toutes avaient de longs voiles flottants et faisaient tinter des clochettes. Une flûte et un petit tambour se mirent de la partie. Et devant ce vieux temple qui avait vu tant et tant de générations, ces fillettes aux yeux bridés, au front et aux mains fleuries, avaient l'air d'être les fées du lieu, de toutes petites fées, pour ce tout petit peuple enfant.

Puis on les mena aux bains; le Japonais est le plus propre de tous les hommes, il se lave tout entier plusieurs fois par jour.

Le dîner fut simple et somptueux.

On les entraîna au théâtre, où ils eurent la meilleure place. Le drame était terriblement noir et gesticulant.

Ils dormirent sur des nattes dans une jolie chambre toute nue, avec seulement, sur une étagère, des fleurs dans trois vases aux couleurs ravissantes.

Le lendemain, c'était la fête des Petites Filles.

Toute la ville était pavoisée. Et partout, ce n'était que marchands de poupées. Il y en avait de toutes petites; d'autres, par contre, si grandes, qu'on eût dit de vrais enfants couchés. Des guirlandes de bambins et de bambines se tenant par la main ou grimpés les uns sur les autres, sous la conduite de quelques fillettes plus âgées, déambulaient gravement, faisant leur choix des yeux.

Au Japon, les enfants sont de vrais petits hommes très raisonnables, très obéissants, et leurs parents les laissent sortir seuls.

Et par moments Élisabeth battait des paupières, pour bien se convaincre qu'elle ne rêvait pas. Ne voyageait-elle pas au pays

même des poupées? Celles qui dormaient et celles qui marchaient étaient si parfaitement pareilles, que vraiment c'était à s'y méprendre. Toutes, sans doute, dans un moment, allaient se lever et se promener par les rues, la main dans la main, comme dans les contes. Déjà toutes les mignonnes Japonaises, dans leurs petits fourreaux à ramage, ont bien l'air d'anciennes poupées qui auraient grandi un peu. Elles ne font que les gestes nécessaires, savent à peine marcher, et sur leurs charmants visages en porcelaine le sourire est si parfait, si continuel, qu'il a l'air peint, une fois pour toutes.

« Mais ce n'est pas du tout cela! mais ce n'est pas du tout cela! répétait Henry Jackson, ravi. Ne nous avait-on pas dit que l'ancien Japon était mort? Il n'en est rien.

— Dieu en soit loué! répondait Élisabeth, qui cherchait déjà la maison de papier où finir ses jours.

— Nous n'avons pas tout vu! »

En effet, ils n'avaient pas tout vu. On ne les avait promenés, jusqu'à présent, que dans le Japon poétique, dans le Japon traditionnel des danses, des nattes, des fleurs et du sourire.

Un jour ils aperçurent, du haut d'une colline, tout un groupe de cheminées d'usines. Il en sortait d'énormes flocons de fumée noire qui d'abord montait, puis se dispersait, s'étendait sur toute une contrée, masquant forêts, lacs, petits temples de couleur.

« Oh! que c'est dommage! dit Élisabeth.

— Ça, ma chérie, c'est la civilisation, c'est le progrès.

— C'est atroce. Le vent tourne, nous allons être asphyxiés... Bouou! »

Les jeunes gens s'enfuirent dans la vallée. Mais leurs guides les rattrapèrent :

« Venez voir maintenant le Japon nouveau. Nous vous l'avons gardé pour la fin.

— Hélas! » dit Élisabeth tout bas.

Et, comme par enchantement, le sourire des petits Japonais s'effaça de leurs visages et ils devinrent sérieux et laids. Leur pas de promenade se fit saccadé, militaire, impérieux.

Et les Jackson visitèrent des maisons européennes, des usines, des manufactures, des arsenaux où les ouvriers étaient vêtus comme dans les ateliers d'Amérique ou d'Allemagne. Des trams électriques s'élançaient sur les rails. Un bruit infernal régnait partout.

« Le progrès, c'est l'enfer ! murmure Élisabeth.

— Il se pourrait. La science détourne les yeux du ciel vers la terre ! » répondit son compagnon.

Ce soir-là, ils furent reçus à dîner chez un moderne Japonais, un homme du jour, aux idées nettes et coupantes, qui n'avait qu'un mètre cinquante de haut, mais qui paraissait atteindre, lorsqu'il parlait, la taille des héros de tous les temps.

« Nous serons demain les maîtres du monde, » dit-il en manière de toast, au dessert.

Poliment, Henry Jackson ne chercha pas à contredire son hôte autoritaire.

D'ailleurs, l'opinion d'autrui importait fort peu à ce gentil-homme au teint olivâtre, qui s'expliqua ainsi, sans en être prié :

« A la plus ancienne civilisation existante appartient le plus beau, le plus long avenir. Nous n'avons jamais été des esclaves endormis comme les Chinois. Mais nous n'avons pas usé nos forces comme les Espagnols. Nous n'aimons pas à parler comme les Français, ni à boire comme les Anglais ou les Allemands. Notre peuple ne demande pas la lune comme le peuple russe, ni le soleil comme vous autres Américains... »

Jackson salua, flatté de se voir attribuer de si vastes désirs. Soleil, pensa-t-il, signifiait fortune, à cause que l'or est jaune. Le Japonais, même barbouillé d'idées nouvelles, use volontiers de comparaisons classiques.

« ... D'ailleurs, continua le prince Tom Pouce, monté main-tenant sur sa chaise (car le repas était servi à l'européenne), d'ail-leurs nous ne ressemblons à personne. Nous avons voulu être le peuple le plus calme, le plus charmant, le plus heureux du globe, et nous avons été ce peuple. Maintenant nous voulons être le plus remuant, le plus belliqueux, le plus redoutable de tous les peuples, et nous le sommes. Je bois au Japon glorieux, au Japon universel ! »

Au lieu de s'asseoir, comme on fait dans les autres pays, après avoir parlé, le prince orateur monta sur la nappe et tendit sa coupe à la ronde au choc de chacun des convives.

Puis il but.

Et tout le monde s'étant levé, on entonna un hymne au massacre du monde entier par le géant japonais :

> Sur l'océan devenu rouge
> Tous les vaisseaux seront nippons !

Ce soir-là, les sobres petits soldats de la guerre mondiale s'enivrèrent pour la première fois.

* *
*

En regagnant leur ballon, les Jackson marchaient de ce pas lourd des pauvres gens envers qui la destinée vient de se montrer trop dure.

« Pauvres petites poupées ! disait Élisabeth.

— Malheureux iris bleus ! répondait Henry. Leurs heures à toutes, à tous, sont comptées. Il était une fois un petit peuple heureux qui vivait dans une île enchantée. On est venu lui apprendre qu'il était une singularité sur cette terre où il est généralement de règle de se jalouser de pays à pays et de se battre. Et les Japonais ont voulu ressembler à tout le monde. Ils ont voulu de l'or pour acheter des canons ! Et ils ont enseigné à leurs enfants l'art de tuer que leurs princes avaient oublié. Et, maintenant, ils savent

haïr, et cependant Bouddha n'a-t-il pas dit : « Si la haine répond
à la haine, comment la haine finira-t-elle ? »

Ils allèrent, un moment, en silence.

Puis Henry reprit :

« On a coutume de rechercher les plus extravagantes façons
qu'on emploiera « le monde » pour « finir ». Chute de comète,
congélation universelle, déluge de feu. L'homme n'a pas besoin
de regarder hors de lui, car c'est de lui que viendra la mort. La
fin du monde, je la vois. Je vois le dernier homme tuant l'avant-
dernier et devenant fou de ne pouvoir haïr que soi-même...

— Fuyons, fuyons ces insensés, » s'écria Élisabeth.

Et, dans un bond énorme, *The Happiness* les arracha, on eût
dit pour toujours, à ce cauchemar des sociétés modernes.

XVI

Il y a des iles toutes neuves, surgies des flots, façonnées par les vagues, et que le vent, selon le geste éternel du semeur, a garnies des plantes nécessaires. Les oiseaux, qui savent tout, sont venus y chanter et y pondre.

Il y a des iles qui attendent encore la venue des hommes.

Les vrais amoureux ont des âmes de Robinsons. Élisabeth et Henry, à la vue d'un rocher de corail, avec sa montagne de palmes et ses vallées verdoyantes, Colombs jamais satisfaits, crièrent « terre ! » pour la première fois.

Il y avait deux mois à peine qu'ils s'étaient revus, deux mois aussi, à quelques jours près, qu'ils étaient mariés, mais il leur semblait qu'ils voyageaient depuis des années, et qu'ils n'avaient jamais été séparés.

L'atterrissage se fit sans difficultés. Les arbres les saluèrent de leurs palmes soyeuses, et il y eut, pour les recevoir, un concert d'oiseaux.

La tour du ballon se posa doucement sur une plage de sable

et de corail. C'est à peine si quelques crabes s'enfuirent en
regardant de côté les nouveaux venus. Toute l'île semblait les
attendre.

Le fidèle Bernard se mit tout de suite en devoir de construire

Bernard se mit à construire une hutte en bambous.

une hutte en bambous, et de débarquer le petit ménage aérien.

Davids l'aidait avec une sorte de fièvre qu'Élisabeth et Henry
auraient remarquée s'ils avaient été capables d'apercevoir autre
chose que leur bonheur.

Il n'y a rien de comparable à une île déserte pour deux êtres
qui s'aiment. Ils avaient eu, dans l'énorme Océan aérien, de
belles et tragiques sensations, puis, sur terre, tous les étonne–

ments et tous les dégoûts. Les amoureux ont les yeux neufs que choquent toutes les imperfections.

« Sommes-nous assez loin de Jablin ? » demandait parfois Henry Jackson.

Et ils passaient les mers, les montagnes, les fleuves, les villes, les déserts...

Dans cette île vierge des souillures humaines, dans cette île à eux, ils se découvrirent eux-mêmes.

Au bras l'un de l'autre, à pas lents, sagement, ils firent le tour de leur domaine. Il y avait des plaines en miniature, des bois de palmiers et de bananiers, des arbres à fleurs; une source descendait d'un rocher et formait, entre les collines, un petit lac intérieur.

Ils rencontrèrent des tortues d'une taille qui les fit rire. Plusieurs fois ils s'arrêtèrent et s'assirent pour écouter, venant des arbres, des chants inconnus qui les impressionnèrent.

« Écoutez, Henry, c'est ainsi que chantent *nos oiseaux.* »

Puis ils retournèrent vers leur demeure. Il faisait un temps splendide, l'air était tout de parfums et caressait.

The Happiness se tenait tout droit sur la grève.

« C'est à lui que nous devons tout, dit Élisabeth, de nous connaître, de nous aimer; c'est à lui que nous devons d'être ici. Il a fini sa tâche. C'est un brave ballon. »

Un matin, Bernard les héla :

« Monsieur Henry, monsieur Henry ! »

Sa voix était toute changée.

Les jeunes gens se précipitèrent hors de leur hutte primitive et confortable.

« Davids est parti ! Davids est parti ! »

Ils étaient, à jamais, séparés du reste du monde...

Il y avait des bois de palmiers et de bananiers.

A cette pensée, ils eurent d'abord un grand frisson. Puis ils se rapprochèrent l'un de l'autre :

« Mon amie !

— Mon ami ! »

Bernard s'éloigna d'eux, discrètement.

Alors ils pleurèrent du bonheur qui leur était désormais donné, de vivre tous deux, enfants sains et courageux, loin des hommes vils et agités.

. . . .

Allan Jackson gagne toujours beaucoup d'argent. Il n'a jamais eu de nouvelles d'Élisabeth ni d'Henry. Quelquefois, le matin, avant d'avoir ouvert son courrier, il fronce le sourcil :

« Où sont-ils? »

Et songeant à la journée qui commence, à son labeur de galérien milliardaire, il murmure :

« A quoi bon ? »

Mais il trouve dans son courrier de quoi oublier l'homme qui vieillit et qui n'a plus d'enfants. Et il se jette sur sa besogne, comme si, cette fois, il allait trouver en elle le bonheur qui l'a toujours fui.

. . . .

On aperçoit quelquefois, tantôt au-dessus de l'Europe, tantôt au-dessus de l'Amérique, un singulier ballon que l'éloignement fait paraître tout à fait négligeable. C'est probablement le ballon de Davids.

Il n'a pas l'air de suivre une route déterminée d'avance. Il va et vient, tourne sur lui-même, monte et descend, dessine de grands cercles dans l'espace. Marche-t-il avec le vent, ou obéit-il à une direction ? On ne sait.

Davids vit-il? C'est probable. Est-il encore un homme, c'est-

à-dire une créature raisonnable, c'est ce qu'on ne saura probablement jamais plus.

Le vent a emporté la banderole qui cerclait les flancs de
l'aérostat.

C'est le ballon fantôme.

*
* *

The Happiness est maintenant une île, une toute petite île du
Pacifique, où s'essayent à vivre deux êtres qui n'aiment pas ce
qu'aiment exclusivement les hommes d'aujourd'hui : l'argent.

Puissent-ils avoir beaucoup d'enfants qui leur ressemblent !

TABLE

33822. — Tours, impr. Mame.